KB153779

서른의 품격

서른의

품 격

정나영 지음

행성B

우아함이
밥 먹여주지는 않습니다만

　　30대인 나와 내 친구들은 우리가 몹시 애매한 세대라고 생각한다. 예전처럼 4050을 꼰대라고 하기에는 우리도 적지 않은 나이를 먹었고, 그들의 말이 틀리지 않았음에 상당 부분 공감한다. 그렇다고 20대와 묶어 2030에 끼워 넣기에도 무리가 있다. 간혹 20대의 개념 없음에 헉 소리가 나는, 꼰대가 되기도 한다. 사회가 우리에게 기대하는 것 역시 적당한 발랄함, 그러면서도 노련하고 성숙한 면이기도 하니 이래저래 참 애매하지 않을 수 없다.

　　30대의 이 애매함을 애매함으로 그냥 두고 싶지 않았다. 살면서 어떤 일이나 관계를 이쯤에서 매듭지어야 되겠다고 느낄 때가 있다. 에세이를 쓰면서 예전에 썼던 글을 다시 읽고, 요즘 공부 중인 니체를 다시 읽고, 그리고 나는 지금 어떤 시기를 보내고 있는지 살펴보면서 지금이 그동안의 '명랑 시대'를 매듭지을 시기라고 생각하게 되었다. 명랑 시대의 나는 자아 정체성이 무척 견고했고, 자아라는 것은 실현해야 하는 어떤 것, 찾아야 하는 것, 찾은 뒤로는 고유성을 가져야 하는 것이라고 생각했다. 그리고 나는 좋아하는 일을 하면서 자아실현을 이룬다고 생각해왔다. 명랑 시대에는 내가 세상의 중심이었다. 마치 무대에 핀 조명을 쏜 것처럼 그 조명 아래에 있는 나만 보였다. 재미있었고, 뜨거웠고, 지치다가도 금세 회복하는 에너지 넘치는 내가 좋았다.

그러다 니체를 공부하면서 또 다른 나와 세상을 보게 되었다. 정확히 설명하기는 어렵지만 당시의 나는 '지금이 재미있기는 한데 이렇게 살아도 괜찮을까?' 하는 문제의식을 어렴풋이 느끼고 있었던 것 같다. 철학을 처음 접한 나에게 니체는 어렵기만 했다. 그런 니체가 그동안 내가 못 보았던 조명 밖의 세계를 볼 수 있게 해주는 존재가 되었다. 이제는 핀 조명으로 나만 비추던 무대에서 내려와 무대 밖의 세상을 두루 볼 수 있는 사람이 되고 싶다. 그래서 이제 나의 명랑 시대는 끝났고 '니체 시대'가 왔다고 감히, 정말 감히 말하고 싶다. 지난 시기는 잘 매듭짓고 새로운 이 시기를 잘 맞이하고 싶다. 지금 이 순간이 애매하다고 투덜대지 않고 이것도 하나의 과정임을 온몸으로 알아가고 싶다. 40대, 50대가 되어 30대의 나를 돌아본다면 참 별거 아닌 거에 울고 웃었구나, 그런데 그때는 그럴 수밖에 없었구나, 부정하지 않고 담담하게 추억하고 싶다.

명랑 시대든 니체 시대든, 비슷한 시기를 보내는 누군가가 있을 것이다. 그래서 내가 쓴 글은 더 이상 나 혼자만의 글이 아니라 누군가를 만나야 할 글이 되었다. 더 나은 사람이 되었다고 생각하거나 성숙해졌다고 생각해서가 아니다. 지금의 이 출렁이는 느낌을 비슷한 고민을 하고 있는 또래들과 함께 나누고 싶은 마음에서다. 고맙게도 윤정, 주신, 혜윤이 함께 마음을 나눠주었다. 혼자만 부끄러울 수 없다며 이 부끄러움을 함께 나누자고 요청했는데, 다들 흔쾌히 응해주어 고맙다. 혜윤은 글을 쓰는 나와 그림 그리는 자신이 각자의 삶을 더듬더듬 만들어가고 있다는 느낌이 든다며 이 느낌을 그림으로 그려주면서, 대체 니체가 뭐길래! 니체의 렌즈를 끼고 사랑스러웠던 명랑 시대를 부끄러워하지는 말라는 조언까지 해주었다. 늘 친구들에게 힘을 얻고, 많이 배우고, 덕분에 나를 돌아보게 된다.

명랑 시대를 지나칠 정도로 명랑하고 화끈하게 보낼 수 있었던 가장 큰 이유는 아빠와 엄마, 두 분 덕분이다. 내가 어떤 결정을 하더라도 부모님은 끝까지 지켜보고 응원해주실 거라는 굳건한 믿음, 이 믿음 덕분에 '마음대로 더 막 살아도 되겠다'와 '착실히 살면서 효도해야겠다' 사이를 오고 갔다. 확실한 건 내가 행복해지는 선택을 하기를 부모님도 바라신다는 점이다. 그러니 우리 딸이 이제는 조용히 회사 다니면서 정년을 맞이하겠구나, 뭐 이런 오해를 하셔서는 안 된다는 점을 분명히 밝힌다.

1장 〈알바의 품격〉부터 4장 〈백수의 품격〉까지는 내 명랑 시대의 기록이다. 회사 다니고 알바하고 백수로 놀면서 좌충우돌했던 30대의 일기다. 마지막 5장 〈존재의 품격〉은 니체 시대를 맞이한 새로운 30대의 일기라고 할 수 있겠다. 그래서 마치 다른 사람이 쓴 것처럼 글의 느낌이 다르다. 명랑 시대의 나는 직장에서 일하는 것을 너무나도 사랑하면서 그로 인해 너무 힘들었던 기억이 난다. 니체 시대의 나는 또 어떤 문제들과 씨름하며 살 것인지, 어떻게 품격 있는 존재가 되어갈 것인지, 지금 나는 그 질문을 구성하는 과정 중에 있다. 그래서 앞으로의 나의 삶, 그 미지의 세계를 나는 흥미진진하게 기다린다.

차례

2부 직장의 품격 : 인생이 수고롭다는 걸 배우다

3부 백수의 품격 :
1퍼센트와 한심함과 99퍼센트의 존경심을 유발하다

4부 독립의 품격 : 꽃향기를 원하지만 현실은 시궁창

5부 존재의 품격 : 니체의 정원사를 꿈꾸다

알바의   품격

편의점부터 의회 사무 보조까지
밥벌이의 고달픔을 엿보다

알바의 ──────────── 역사

밥벌이의 고단함을 모르던 10대 때 부모님께 말씀드렸다. 성인이 되면 용돈은 알아서 벌어 쓸 테니 학비만 부탁드린다고. 고딩의 허세가 불러온 참극이었는데, 뱉은 말은 지켜야 하기에 수능이 끝난 뒤부터 다이내믹한 알바 인생이 시작되었다.

내 인생 첫 번째 알바는 수능이 끝난 겨울 시작되었다. 유행하던 도서대여점 알바였는데 1천 5백 원이라는 놀라운 시급을 받았다. 당시 최저시급이 2천 5백 원 미만이긴 했지만 동네였고 그냥 앉아만 있는 쉬운 일이고 내가 어리다는 이유로 더 낮은 시급을 받았다. 앉아서 만화책 읽는 시간이 대부분이라 크게 불만은 없었다. 단골도 많이 생기고 정리도 잘한다며 사장님은 나에게 열쇠를 맡기고 거의 나오지 않았고 곧 가게는 문을 닫게 되었다.

두 번째 알바는 편의점이었다. 동네에서 제일 큰 편의점이었는데 초등학생 자녀 둘이 있는 40대 초반의 젊은 부부가 운영하는 곳이었다. 사장님 부부는 굉장히 깐깐해서 먼지 하나 못 보는 스타일이라 몹시 피곤했는데 어느 날 갑자기 태도가 돌변했다. 엄마와 아빠가 다녀가셨기 때문이다.

동네에서 알바를 하면 엄마 아빠는 종종 구경(?)하러 오시곤 했다. 그러면 그날부터 사장님들 태도가 바뀌었다. 이유는 정확히 모르겠지만 짐작으로는 어딘지 모르게 풍겨 나오는 엄마의 사모님 포스와 아빠의 인자함이 합쳐져서 아, 우리 (하찮은) 알바생이 집에서 귀한 딸이구나, 뭐 이런 마인드가 장착돼서 그런 게 아닐까 싶다.

정월대보름날에는 엄마가 나물과 오곡밥을 했는데 사장님은 바빠서 이런 거 해 먹기 어려울 테니 가져가서 드리라고 했다. 오곡밥은 아마 보온 도시락에 담아주셨던 것 같다. 사장님 부부는 이런 정성은 처음 받아본다며 그때부터 갑자기 계산대 옆에 의자까지 가져다주고 쉬엄쉬엄 일하라고 했다. 내게는 상당히 놀라운 일이어서 아, 어른들은 이런 거에 약하구나, 이제 부모님 오시지 말라고 해야겠다고 생각하는 계기가 되었다.

세 번째는 카페 알바였다. 50대 아저씨가 사장이고 20대 후반의 조카가 매니저로 있었는데 그 조카가 진짜 별로였다. 나는 바리스타 기술을 배우고 싶었는데 계속 설거지만 시켰다. 이건 참을 수 있는데 자기 꿈이 가수라며 매일 들어보라고 나한테 노래 불러서 고막 테러를 당하기도 했다. 2층과 3층을 쓰는 카페였는데 당시에는 개인 카페에 셀프서비스가 거의 없었다. 그래서 주문을 하면 계단을 후들거리며 올라가 음료를 줘야 했는데 파르페 잔은 길고 무거워 들고 올라가기가 힘들었다.

카페 위치는 대학가였는데 불륜 커플은 왜 그렇게 많은지 한번은 불륜 커플과 부인이 삼자대면하는 장면까지 목격했다. 사랑은 참 전쟁 같은 거구나 그때 깨달았다. 커피 내리는 법을 배우지 못해 즐겁지도 않았는데 계단을 올라가면서 음료를 너무 흘려서 40일 정도 일하고 잘렸다. 사장님은 곧 내부 인테리어 공사를 해서 가게 문을 닫게 되었다고 말하며 월급봉투를 건네주었지만 내가 그만둔

뒤로도 카페 영업은 계속되었다.

네 번째는 뮤지컬 공연장이었다. 어린이 뮤지컬 〈둘리〉였는데 비슷한 또래 대학생 10명이 같이 일해서 정말 재밌었다. 뮤지컬을 하는 동안 애기들만 들여보내고 엄마 아빠는 밖에서 자유 시간을 보냈다.

근데 〈둘리〉 뮤지컬에 한 5초 정도 무서운 장면이 있다. 조명이 다 꺼진 상태에서 뼈다귀 귀신이 나오는 장면이었는데 그 장면에서는 꼭 한두 명씩 우는 아이가 생긴다. 한 명이 울면 울음이 번지기도 하고 공연에 방해가 돼서 얼른 안고 밖으로 나와야 했다. 데리고 나오면 부모들은 무척 짜증을 냈다. 다른 애들은 다 잘 보는데 왜 너만 우냐고 엄청 타박했다.

회식도 자주 했는데 알바생들끼리 하기도 하고 배우, 스텝들과 함께하기도 했다. 한번은 모두 함께 하는 회식에서 장기 자랑 시간을 갖게 되었다. 뮤지컬 배우들은 막 노래하고 춤추고 덤블링하고 난리도 아니었다. 평범한 대학생이던 알바생들도 용기 내서 노래를 했는데 망했다. 우리는 끼가 없으니 공부나 하자고 약속했다.

다섯 번째 알바는 세계맥주전문 바bar에서 했다. 집

앞에 새로 생긴 가게였고 아빠 친구가 건물 주인이라서(뭔 상관) 왠지 신뢰가 갔다. 호프집은 처음이라 너무 떨렸다. 그동안은 마시기만 해서 몰랐는데 맥주잔 드는 게 그렇게 힘들더라. 양손에 여섯 잔은 기본으로 들고 가야 했는데 이것도 예전 파르페 잔과 마찬가지로 쉽지 않은 일이었다. 생맥주를 따르다가 잠그는 타이밍을 놓쳐 맥주가 넘쳤는데 나도 모르게 입에 가져가 호로록 마셨다. 잔에서 넘치기 전에 입으로 가져가던 습관 때문이었다.

같이 일하던 알바생 중에 나보다 서너 살 많은 예쁜 언니가 있었는데 일은 하나도 안 하고 아저씨 손님들 대화 상대만 했다. 근데 시급은 나보다 두 배 높았다. 사장님한테 저 언니는 왜 일도 안 하고 저러고 앉아 있냐고 물었더니 너도 오래 하면 그렇게 된다고(?) 무슨 말 같지도 않은 소리를 했다.

게다가 밤 11시까지 일하기로 했는데 손님이 많다며 새벽 1시까지 보내지를 않았다. 아빠는 전화로 지금 몇 신데 무슨 알바냐며 당장 들어오라고 하셨다. 평소 같으면 뭐지? 했을 텐데 그땐 어찌나 좋던지. 부모님이 걱정하셔서 가봐야 한다며 아빠 찬스를 댔다. 맥주 입에 대고 마시기+저 언니 왜 일 안 함?+아빠 전화=쓰리 콤보로 하루 일하고 잘렸다.

아, 이 밥벌이의 고달픔이여!

30일간의 ──────── 지방의회 알바 일지

퇴사 후 백수로 지내다가 지방의회 행정사무감사 업무 보조 아르바이트를 하게 되었다. 어처구니없는 일이 너무 많아 매일 있었던 일을 기록하게 되었다. 이후 이야기는 그렇게 기록한 한 달 간의 알바 일지다. 사실 처음에는 조지 오웰의 르포 같은 글이 완성될 줄 알았다. 하지만 현실은 오리백숙, 생 아귀찜, 굴 보쌈, 낙곱새(낙지곱창새우전골), 전복구이, 장어구이, 해물탕 등 하루도 빠짐없이 맛집이 등장해 맛집 보고서인지 알바 일지인지 모를 글이 된 것 같다. 아르바이트로 일하든 회사에서 일하든 힘들게 일하고 있는 모든 임금 노동자에게 권하는 글이다. 관찰자 시점을 장착하면 세상이 조금은, 아주 조금은 다르게 보일 수 있다.

백수로 몇 달을 놀다가 아르바이트 첫 출근을 했다. 대학 때 이후로 처음이니 근 10년 만이다. 도의회에서 행정사무감사를 보조하는 업무다. 아침에 출근해서 의원들 프로필을 보고 있으니 지나가던 주무관님이 말하길, 다들 좋은 분인데 사이코 4명이 있으니 이 사람들만 조심하면 된다며 콕콕 찍어주었다. 위원회 12명 중 4명이 사이코면 3분의 1인데?

다들 일이 바빠서 나에게 업무를 줄 여유조차 없어 보인다. 이럴 때는 누군가에게 업무를 받아 열심히 일하는 척을 하면 다들 쟤는 뭔가를 하고 있구나 하고 그냥 넘어가서 어두운 등잔 밑이 된다. 심심해서 옆에 놓인 보고서를 봤는데 공정무역 지원에 대한 검토 보고서이다. 관심 많은 분야라 흥미롭다.

낯선 사무실에 앉아 직급이 올라갈수록 목소리는 왜 커지는가에 대해 생각했다. 주무관들은 개미 목소리라 진짜 안 들리는데 팀장님은 TV 틀어놓은 목소리 정도고 과장님은 확성기를 대고 말하는 수준이다. 과장님이 말하면 사무실이 쩌렁쩌렁 울린다.

팀장님이 나를 불러 앞으로 해야 할 업무를 설명한다. 도의원은 보좌관이 따로 없어 직접 자료 요청을 하는 경우가 많으니 요청 자료를 취합하고 검토하고 분석하는 역할을 해야 한단다. 분석은 어떻게 하면 되는지 모르겠지만 일단 알겠다고 했다. 의원들이 거의 매일 왔다 갔다 하는데 신경 쓸 일이 많다며 한마디로 의전을 잘 해야 한다는 당부도 하신다.

오늘 잠깐 살펴보니 의원들이 오면 차는 기본이고 과일까지 내와야 하더라. 의전은 극혐이지만 뭐 평생 하는 것도 아니고 백수로 지내며 떨어진 사회성도 높여보자는 심정으로 잘 해봐야겠다. 왠지 알바하는 기간 동안 굉장히 어이없고 재미있는 일이 많이 생길 것 같은 예감이 든다.

어제 하루에만 커피 20잔, 오늘은 점심까지 20잔쯤 내렸다. 오늘은 의회 본회의와 상임위 회의가 있어 의원들이 종일 있는 날이라 거의 50잔은 내릴 것 같다. 커피를 주는 건 어려운 일이 아닌데 문제는 의원에게 묻지 않고 알아서 줘야 한다는 것이다. 찜해놓은 머그잔에만 마시는 사람, 차가운 우엉차만 마시는 사람, 감잎차만 달라는 사람, 연한 커피만 마시는 사람 등등 이걸 묻지 않고 줘야 해서 의회 주무관들 인수인계는 업무보다 의원 취향 전달이 중요하다고 한다. 간식도 원하는 게 다 달라서 단무지 뺀 김밥만 주문하는 사람이 있고 삶은 계란 원하는 사람, 도라에몽 캐릭터 그려진 치즈 과자만 먹는 사람도 있다. 주무관들은 이걸 제일 신경 쓰는데 관찰자 입장인 나는 너무 신기하고 어이없고 화나고 짠해서 최대한 도와주고는 있다.

오늘 아침에는 진상 도의원이 주무관에게 서류를 던지는 장면을 목격했다. 자료를 요청해서 그걸 받아다 줬는데 뭐가 맘에 들지 않았는지 "야, 공무원! 니가 감히 도의원이 시킨 일을 다른 사람한테 넘겨?" 이러면서 욕을 하는데 진상도 이런 진상이 없는 거다. 과장님이 말리면서 챙겨줘서 그나마 다행이었는데 주무관님은 밥맛을 잃어서 점심도 거르고 말았다. 점심 예약한 식당에 가기 위해 주차장에서 만나자는 약속을 놓쳤다며 어떻게 식당까지 가느냐는 길 잃은 도의원을 식당까지 자가용으로 모셔다 드리는 것으로 의회 주무관의 점심시간이 끝났다.

알바생인 나의 점심시간도 얼결에 날아갔다. 점심시간이 90분이라 밥 먹고 1시간쯤은 산책하면서 보낼 줄 알았는데. 개념 없는 의원들이 아무 때나 왔다 갔다 해서 직원들 점심시간이 통째로 날아가는 경우가 많아 보인다. 다들 너무 바쁘고 계속 깨지는 와중에 차마 혼자 나갈 수가 없어서 시급 알바생인 나의 점심시간도 덩달아 날아가고 있다. 직원 점심은 급히 중국집에서 시켜먹자 했는데 윗사람이 볶음밥 먹겠다니깐 물어보지도 않고 똑같은 메뉴로 다 시킨다. 저는 짜장면이 좋습니다만, 허허허.

한 의원이 나에게 여기 오기 직전까지 무슨 일 했냐고 물어서 "그냥 백수였는데요." 했더니 팀장님이 깜짝 놀라며 나의 경력을 읊어주셨다. 백수여서 백수라고 했는데 뭐가 문제지.

시·도의원 평균 연봉은 6천만 원이 넘는다. 이렇게 많이 받으면서도 뭘 그렇게 공짜를 좋아하나 모르겠다. 차에다 생수도 박스로 넣어달라고 하고 계속 치약 달라, 치약 사놓으라는 의원도 있다. 간식도 다 챙겨 가고 뭘 그렇게 뜯어가려는지. 엉망진창인 의회 흥미롭게 관찰 중이다.

오늘은 아침에 출근하니 주무관님이 탕비실에서 과일 세팅을 하고 있었다. 아침부터 또 무슨 일이냐니깐 의원들 아침 영어 수업이 있단다. 그래서 월요일과 수요일은 과일과 커피 준비해서 강의실에 배달하는 것으로 아침을 시작한다.

ㄱ도의원은 거의 매일 의회로 출근한다. 검색해보니 마침 선거구가 우리 동네다. "저 의원님 선거구 살아요." 했더니 그때부터 질문이 쏟아졌다. 일단 첫 질문은 혼자 사느냐, 아니면 가족과 사느냐는 질문이었고 이어서 고향은 어디냐, 학교는 어디에서 다녔냐, 나이는 몇이냐 등의 신상털이가 시작되었다. 지금 사는 동네가 고향도 아니고 게다가 지금은 혼자 살고 있다는 대답을 하면서 유권자로서 매우 미미한 존재라는 느낌적 느낌이 들었다. 앞으로

동네에 친구 많은 척해야겠다.

주무관님이 휴대폰 조작이 어렵다며 도와달래서 갔더니 ㄴ의원이 휴대폰 글씨 크기를 키우고 화면 밝기를 밝게 해달란다. 화면 밝기는 배터리가 없어서 자동으로 어두워졌다고 알려주고 글씨 크게 해줬더니 갑자기 기분이 좋아졌는지 여기 직원(=나)도 새로 왔는데 다 같이 점심 먹으러 나가잔다. 해산물 먹자고 그러는데 디테일이 까다로워 알아보고 예약하느라 주무관들 업무 시간 30분이 날아갔다. 주무관들과 편하게 먹으려고 했는데 과장님이 자리까지 배치해준다. 같이 얘기하려던 동갑내기 주무관은 의원 옆자리로 배치돼서 시중을 들게 됐다.

같은 테이블에 남자 주무관 둘과 함께 앉아서 대화를 나눴다. 두 분 다 일반 기업에서 일하다 공무원이 된 경우다. 기업이 너무 그지 같아서 관뒀는데 공무원 세계도 별로란다. 에휴, 우리는 언제 행복하게 밥벌이를 할 수 있는지 모르겠다. 어제 도의원에게 서류로 맞은 주무관이랑 특히 대화가 잘 통한다. 이렇게 의원이 원해서 외식하는 경우는 당연히 의원이 쏜다고 생각했는데 다 업무추진비로 먹는 거란다.

오늘은 사무 보조원으로 위촉됐다는 위촉장을 받았다. 점심시간이나 제대로 지킬 것이지 쓸데없이 이런 위촉장은 왜 주는지.

아 다르고 어 다름을 실감한다. "의원님, 어떤 차 드릴까요?" 하면 언짢아하지만 "의원님, 오늘은 따뜻한 우엉차 어떠세요?" 하면 OK 하거나 자연스럽게 원하는 음료를 말하는데 둘 다 결국은 나는 당신이 원하는 것을 모른다는 뜻이다. 근데 후자는 마치 나는 너님의 취향을 당연히 알고 있지만 오늘은 날이 쌀쌀하니 따뜻하고 몸에 좋은 우엉차를 마셔보면 어떻겠냐는, 몹시 대접하는 느낌이라 다들 만족해한다. 이게 말장난 같은데 말장난이 맞고 말장난을 좋아하는 내게는 꽤 재미있는 포인트다.

오늘은 연구원들에게 밥을 사야 한다며 돈을 마련해 오라는 ㄷ의원의 전화로 주무관들의 하루가 시작되었다. 돌려서 말하지도 않고 '돈을 마련하라'는 게 의원 워딩 그대로다. 이거 완전 깡패 아닌가. 이 의원은 어제 점심에는 자기 아는 사람도 같이 밥 먹자며 갑자기 지인을 데려왔다. 밥 먹으려고 의원을 하는 거 아닌가 싶다. 보수당이 워낙 진성 진상 집단이라 다른 정당은 상대적으로 덜한 것 같지만 진상 짓은 다 똑같다. 세월호 배지와 스티커로 도배를 하고 다니는 의원들이 보인다. 자켓에는 리본 배지, 가방에는 리본 고리, 핸드폰에는 리본 스티커를 붙이는데 리본이 커도 너무 커서 오히려 진정성이 없어 보이는 건 나만 느끼는지 모르겠다.

　　오늘 점심엔 해물탕집에 가기로 했다. 알바 4일째인데 아직도 혼자 자유 시간을 보내지 못하고 있다. 과장님은 점심 뭐 먹을지를 아침 9시 30분부터 고민한다. 어제 부서 회식이라 다들 술을 많이 먹었다며 해장하러 가기로 했다. 술자리 싫어서 안 가는데 불참 의사를 밝히는 데도 역시 아 다르고 어 다르다. 같은 거절이지만 저녁엔 시간이 없다, 회식은 싫다는 대답엔 반응이 영 아닌데 저녁엔 수업이 있어서 어쩔 수 없이 못 간다고 말하면 만족해한다. 군더더기 없이 결론부터 말하는 편인데 어르신 대부분은 무지 싫어한다. 어떻게 해야 좋아하는지 뻔히 알면서도 안 하는 나는 몹쓸 사람인지 모르겠다.

동갑내기 주무관님과 친해져서 시시콜콜한 얘기도 하는데 50대 후반 과장님은 자녀가 없으니 자녀 이야기를 하면 안 된다는 팁을 주었다. ㄹ주무관님은 이혼하고 혼자 아이들을 키우는 아빠라는 정보도 들었다. 근데 아이가 없거나 이혼한 것이 흠도 아니고 그걸 의식해서 일부러 피할 필요는 없다고 본다. 과장님은 강아지 두 마리를 키우는데 사진 보고서 어쩜 미용을 이렇게 깔끔하게 해주셨느냐고 너무 예쁘다고 했더니 신나서 강아지 동영상까지 보여주신다. 과장님에게는 강아지가 자식이나 다름없다. 이혼한 주무관님과는 결혼 제도는 과연 필요한 것인가에 관한 이야기를 나누었다. 한 사람의 인생에서는 크게 필요 없지만 자녀를 키우는 데는 필요하다는 입장이었다.

여기서는 '백수'라는 단어가 금기어인지 백수라고 말만 하면 다들 흠칫 놀란다. 의원들이나 다른 부서 직원들이 행감(행정감사) 끝나면 어느 부서로 가냐고 물어서 다시 백수로 돌아간다고 말하면 또 흠칫흠칫한다. 취업 준비나 공부를 한다고 해야 할 것 같다. 백수가 뭐 이상한가. 모두가 다 앞으로 달리기만 하니깐 잠깐 멈추면 꼭 뒤처진다고 생각한다. 그렇지만 멈춘다고 큰일이 나는 것도 아니다. 멈춰도 뒤처지지 않고 살짝 다른 방향이지만 앞으로 나아갈 수 있음을 나는 지금 체험하는 중이니깐.

　의원들은 SNS를 아주 열심히 한다. 특히 사진을 중요하게 생각해서 회의나 행사 때 사진 잘 찍어주는 게 중요하다. 오늘 한 의원은 곧 회의에 들어간다며 주무관에게 본인 중심으로, 발언할 때, 표정 밝은 순간에 잘 찍어달라는 주문을 했다. 이거 듣는데 살짝 귀여웠음.

　ㅁ의원이 와서 여성정책 관련 단체 경영자를 잘못 뽑았다며 여성학 학위 받은 사람을 뽑아야지 어디 여성단체에서 활동한 빨갱이를 뽑았냐며 엉망진창이라고 한바탕 욕을 퍼붓는다. 어쩜 이렇게 나랑 정반대로 생각하는지 이것도 신선하다. 빨갱이 드립은 그냥 장난으로 하는 건 많이 들었는데 이렇게 진심으로 빨갱이라 생각해서 빨갱이 드립하는 걸 직접 들은 일이 거의 없어서 놀라웠다. 아무리 진상이거나 막장이어도 여기에 신선함, 참신함이 끼었

어지면 그게 뭐든 재밌어서 큰일이다.

사무실에 있는 주무관은 모두 정년이 보장되는 공무원인 줄 알았는데 한 주무관은 입법 담당하는 임기제 공무원이었다. 원래는 변호사로 뽑았는데 변호사는 근속연수가 너무 짧아 박사학위 받은 전문가로 뽑았다고 한다. 이 주무관님은 의원들 회의 다 따라다니면서 개떡 같이 말해도 찰떡 같이 정리해서 안건으로 상정한다. 아무렇게나 말해도 담당 공무원들이 워낙 잘 정리해서 올리니깐 의원들 언어구사력이 점점 떨어지는지도 모르겠다. 자기가 뱉은 말 고대로 서류에 올라가야 할 텐데.

의원들이 이번 겨울 국외 연수로 호주와 뉴질랜드에 가겠단다. 담당 주무관님이 골치 아파 보여서 연수 목적이 뭐냐고 했더니 그걸 이제부터 만들어내는 게 자기 역할이라고 했다. 겨울은 추우니깐 따뜻한 나라에서 놀다 오셔야겠지. 여행이 주가 되면서도 업무와 잘 어울리게 버무려야 하는 미션!

오늘도 직원(=나) 새로 왔다고 의원 하나가 나가서 점심 먹자고 해서 풍천 장어를 먹으러 가기로 했다. 나 없었으면 무슨 핑계를 댔을지 궁금하다. 밥이 이렇게나 중요한 건지 미처 몰랐다.

오늘 점심에도 역시 의원들과 닭볶음탕을 먹으러 갔다. 점심시간 혼자 보내기는 이제 그냥 포기했다. 두 달 전이 부서에 온 주무관님은 여태까지 한 번도 자유롭게 점심을 먹은 적이 없다고 한다. 상사로부터 "의원들과 점심을 먹어주는 것도 주무관의 업무"라는 이야기를 들었단다. 식당에 가면 반찬 리필을 빨리빨리 해줘야 해서 주무관들은 최대한 주방과 가까운 쪽에 앉는다.

식당 화장실에 다녀온 ㅂ의원이 사장님에게 물기 닦는 수건 치우고 핸드페이퍼로 바꾸라고 말한다. 여태까지 자기가 말해서 수건에서 핸드페이퍼로 바꾼 식당이 서너 군데는 된다며 껄껄 웃는다. 밥 먹고 나올 때는 식당 사장님들도 밖에까지 나와서 인사하는데 정말이지 가는 곳마다 민폐가 아닐 수 없다.

먹는 거 이렇게 중시하는 분들인데 나눌 줄은 모른다. ㅅ의원이 좋은 차茶를 선물 받았다며 다른 사람들 주지 말고 자기만 타달라며 종류별로 세 통을 줬다. 보통 내 입에 들어가는 게 중요하면 다른 사람 입에 들어가는 것도 중하지 않나. 허허허. 어쩜 이렇게 그릇이 작으세요.

근데 의원들 헛소리가 묘하게 내 코드다. ㅅ의원이 주말에 등산하는데 본인이 뚱뚱해서 너무 힘들었고 얼굴도 커서 선크림을 발라도 어쩌고저쩌고 말하는데 과장님, 팀장님은 너무나도 진지하게 듣고 있다. 의원의 말에 고개를 끄덕이는 것은 오랜 공직 생활 습관인 것 같다. 스스로 뚱뚱하고 얼굴 크다는데 이런 건 아니라고 말해줘야 좋은 거 아닌가? 웃겨도 너무 웃겨 죽을 지경이다.

주무관들에게 이거 대화 너무 웃기지 않냐고 물었더니 다들 의원들 업무 지시 외 헛소리는 듣지 않아서 모르겠다는 놀라운 대답을 들었다. 젊은 사람 중에서는 오직 나만 열심히 듣는다. (알바 일지에 쓰려고) 종종 메모하기도 한다. 그래서 의원들이 자꾸 나를 쳐다보고 말하는데 이것도 정말 재미있다.

의회가 아무리 엉망진창이라도 좋은 점이 있다. 민주적이고 평등한 척하면서 뒤로는 호박씨 까는 위선이 없다. 대놓고 비민주적, 비평등을 지향하며 그것도 아주 노골적이라서 오히려 편하고 깔끔하다. 주무관들도 취향에 잘 맞아 보인다고 하던데 팀장님이 커피 사주시면서 공공기관 입사 준비 어떠냐고 물었다. 뭐지, 나 이렇게 적성 찾나?

의원들과 의원 손님도 끊임없이 찾아오는데 과장님 손님도 엄청 많다. 주로 다른 부서 팀장, 과장이 찾아오는데 사무실에서 한참을 수다 떨다 간다. 왜 사적인 얘기를 사무실 한복판에서 하는지. 그런 얘기는 구석에서 소곤거려야 제맛 아닌가? 이것도 신선하다. 오늘은 다른 부서 과장님이 조카 손주를 보고 싶다며 빨리 조카를 결혼시켜야 하니 맞선 볼 사람 소개해달라는 게 주제였다. 그럼 또 팀장, 과장님은 어디 부서 누구 주무관 괜찮더라, 사진 좀 보내달라며 필요 이상으로 적극적이다. 귀 쫑긋해서 들어 봤더니 여자 나이가 많아서(37세) 남자 쪽에서 싫어할 것 같은데(남자는 38세인데 뭔 소리여) 사진을 보면 마음에 들어할 수밖에 없단다. 참하고 귀엽고 애교도 넘친다는 것. 결혼하려면 직업 안정적이고 나이 어리고 참하고 귀엽고 애교까지 많아야 하는 거다. 근데 애교가 왜 좋지, 성인끼리? 나는 남자든 여자든 멋있는 사람이 좋던데. 아무튼 난 맞선 조건(어린 나이, 안정적인 직장, 참함, 귀여움, 애교)에서 어디 하나 해당되는 게 없다는 사실을 깨달았다. 새삼.

　　오늘은 어느 교수님이 오셔서 지방의회와 행정감사에 대한 교육을 해주셨다. 자료는 그냥 출력해서 줘도 되는데 군이 또 책자로 만들었다. 정말이지 별거 아닌 일을 별거로 만드는 데 특화된 조직이다.

오늘 점심은 의원 2명, 주무관 1명과 함께 낙지와 막걸리를 먹었다. 주무관에게 서류 던졌던 ㅇ의원 포함이다. 밥을 먹다가 내게 경력을 물어 이런저런 얘기를 하다 사회적기업이 대화 주제가 되었다. ㅇ의원이 사회적기업 지원 정책에 관한 문제를 말한다. 한참을 말하다가 ㅈ의원에게 자기 의견에 대해 어떻게 생각하느냐 묻는다.

그랬더니 ㅈ의원이 "난 완전 반대지." 하는데 사이다가 따로 없다. 곧 ㅈ의원이 자기주장을 펼치는데 ㅇ의원은 듣지도 않는다. ㅈ의원은 나는 너의 의견도 존중하는데 우리는 서로 가치관이 너무 다르다며 완전 맞는 얘기만 한다. 이렇게 상반된 의견을 두 의원이 말할 때는 고개를 언제 끄덕여야 할지 난감하다.

자리에서 일어나 사무실로 올라오는 길에 또 사회적

기업 얘기를 하게 되었는데 지원금으로 운영하는 버릇 들면 큰일이란다. 그래서 청년수당은 어떻게 생각하느냐고 물었더니 배가 고프면 알아서 일한다면서 무조건 퍼주면 안 된다는 말이 쏟아졌다. 문재인 정부 말기가 되면 나라가 얼마나 혼란스러울지 걱정이란다. 내가 언제 또 이런 대화를 해볼까 싶어서 이것조차 신선했다.

의원님처럼 청렴하고 대쪽 같은 성향이라도 정치를 하다 보면 각종 청탁 유혹이 있을 텐데 어떻게 극복(?)하셨냐고 물었더니 그래서 정치 생활 너무 힘들었단다. 진짜 핵꿀잼. 시민들이 막 이렇게 저렇게 도와달라는 부탁도 많이 하지 않냐니깐 그래도 기준이 확고해서 절대 흔들리지 않았단다. 그리고 세금이라고 다 퍼주면 안 되고 자기 돈처럼 생각해야 한다고. 아오, 그럼 이 밥부터 의원님 돈으로 드시겠어요?

오늘도 한 의원이 물이랑 음료 챙겨달래서 한 병씩 가져갔는데 그게 아니고 한 박스씩 달라는 거였다. 비싼 기념품이나 고급 음식 욕심은 이해라도 가는데 생수랑 음료수엔 왜 욕심을 부리는지 모르겠다. 의원님 혹시 물 먹는 하마냐고 묻고 싶다.

　행정감사 기간이 다가오면서 산하기관들의 움직임이 보인다. A기관에서는 벌써 점심을 두 번이나 사줬다. 처음엔 직원들 사주고 다음엔 의원 껴서 또 사준다. 내일은 B기관에서 점심을 산다고 한다. 행감 잘 봐달라고 말하는 것만 청탁이 아니다. 고생 많다면서 굳이 행감 직전에 밥 사주는 것도 내가 보기엔 청탁인데. 제발 밥은 자기 돈으로 먹었으면 좋겠다.

　동갑내기 주무관은 학교 졸업하고 공무원시험 봐서 이제 7년 차인데 다른 회사에 다녀본 적이 없어서 다른 직장은 어떠냐며 궁금해한다. 시민단체에서 잘 지냈던 것처럼 의회에서도 잘 지내고 있는데 역시 극과 극은 통하는가 보다. 노골적이지만 위선이 없어서 좋다고 했더니 이게 무슨 정의당과 자유한국당을 넘나드는 취향이냐며 놀란다.

ㅊ의원은 지역에 있는 공공기관장과 큰소리로 통화를 한다. 기관에서 업무 시간에 크게 다친 직원이 있는데 지금까지 병원비만 2천만 원이 나왔단다. 근데 사측에서 산재(산업재해) 처리 없이 개인보험으로 처리하라고 했다는 것이다. 자녀도 많고 집도 어려운 사람이니 기관장에게 잘 처리해달라고 지시하는데 이런 전화는 도무지 안 들을 수가 없게 우렁차게 말한다. 그래도 이런 생색은 환영이다.

의원들이 요청하는 자료나 질문을 보면 곧 그 사람이 보인다. 공정무역이며 사회적기업 관련된 현황 분석, 매출 추이 등을 묻지만 매일 그렇게 마시는 커피는 공정무역 커피인지 아무도 묻지 않는다. 다과는 생협(생활협동조합)에서 사냐고 묻는 의원도 없다. 가치관과 일치하는 삶을 사는 게 고귀하다고 생각하는 내게는 많이 아쉬운 부분이다. 의회부터 생협 제품 구입해야 맞지 않냐고 한번 말해봐야지. 근데 아마 몸에 좋다고 말하는 편이 더 먹힐 것 같다.

정년이 다 되어가는 과장님이 술을 잘 마시냐고 묻길래 잘 마시지 못한다고 했더니 그러면 사회생활 어렵다며 혀를 끌끌 찬다. 그래서 회사 관두고 백수로 지낸다고 했더니 또 갑자기 숙연해진다. 농담으로 하는 말인데 백수 애기만 하면 어쩔 줄을 몰라 하신다. 사회가 결혼한 사람과 결혼 예정인(데 못 한) 사람으로 구분하는 것처럼 직업의 세계에서도 정규직 직원과 취업 준비생으로만 나누고 있다는 생각을 했다. 비정규직, 파견직도 많고 나처럼 알바생도 있고 나의 백수 친구들처럼 최대한 노동에서 벗어나 먹고살 방법을 찾는 사람들도 있는데 말이다.

　　여하튼 이런저런 좋은 이야기를 많이 듣고 있다. 요즘 꼰대에 대한 혐오 때문에 정작 필요한 말까지도 하기 어려워하는 경우가 많은데 꼰대질과 애정 어린 조언을 구분할 필요가 있다. 최근에 만난 시민단체 선배는 대화하면서 "내가 너에게 이런 얘기를 해도 되는지 모르겠지만"이라는 말을 계속 덧붙였다. 이제 같이 일하는 것도 아닌데 편하게 아무말대잔치 해도 된다고 했더니 꼰대질을 할까봐 조심하게 된다는 이야길 들었다. 그런데 선배에 대한 무한한 신뢰와 애정으로 가득 찬 나는 사실 무슨 말을 들어도 다 좋다. 어떤 마음에서 하는 말인지 충분히 느껴지기 때문이다. 꼰대가 되지 않겠다며 무관심으로 일관하는 소극적 존중은 세대 간의 단절만 불러일으킨다. 본질은 그게 아닌데. 나이와 경험에 관계없이, 사회적으로 범주화하지 않은 상태에서 개별 인격체로 대하는 적극적 존중을 한다면 얼마나 좋을까.

어제 점심으로는 아귀찜과 아귀탕을 먹었다. 산하기관 사람들이 와서 또 밥을 샀다. 의원이 생 아귀찜을 먹으러 가자고 해서 꽤 먼 식당까지 갔다. 큰 접시 하나가 6만원, 7만 원이나 한다. 내가 여태까지 먹은 아귀찜은 냉동 아귀였다는 사실을 이렇게 알게 되었다. 의원들과 식사할 때는 남아서 버리더라도 무조건, 무조건 푸짐하게 시켜야 한다. 직원들 챙기겠다고 계속 더 시키라고 하는데 괜찮다고 거절해도 안 듣는다. 그래서 주무관들은 남기더라도 그냥 시키고 만다.

다 먹고 기관장과 의원이 서로 덕분에 잘 먹었다고 한참을 인사한다. 의원에겐 기관장이 와서 밥을 샀으니 잘 얻어먹었다는 인사고, 기관장에겐 의원님이 밥 얻어먹으심을 허락하신 덕분에 우리도 잘 먹었다는 뭐 그렇고 그런 인사들. 이쪽에서 사나 저쪽에서 사나 어차피 같은 세금인데 서로 인사하는 꼴을 보자니 웃기기만 하다.

오늘 점심은 토종닭으로 예약했다. 맛집은 어쩜 이렇게 잘 꿰고 있는지.

직원 여럿이 다른 부서로 옮기고 싶어 한다. 의회는 정말 빡세다. 보통 2년은 있어야 옮길 수 있는데 의원이 "어디서 저런 애를 데려왔어!" 하면 저런 애는 다른 부서로 보내지고 또 다른 저런 애가 온다. 정 힘들다 싶으면 찍혀서 옮겨지는 것도 괜찮아 보인다. 의원들 비위 맞추기가 워낙에 힘드니깐 직원들끼리는 최대한 서로 힘들지 않게 한다.

팀장님과 과장님은 최대한 편의를 봐주려고 애쓰는 게 보인다. 과장님은 30년 넘은 공직 생활로 인맥이 장난 아니다. 그래서 무슨 일이 생기면 여기저기 전화해서 (인맥의 힘으로) 처리하는데 직원들 입장에선 이것도 나쁘지 않다. 인간미 없어도 되니깐 일을 소름 끼치게 잘하거나, 아니면 인간적인, 너무나 인간적인 매력과 인맥으로 해결사 역할을 한다면 더 바랄 게 없는 상사 아닐까.

뉴질랜드는 유토피아인가 갑자기 궁금해졌다. 의회의 4개 위원회에서 겨울 국외 연수 국가로 동일하게 뉴질랜드를 선택했다. 여성, 도시, 경제, 농정(농업행정) 모두 뉴질랜드에서 벤치마킹을 해오겠단다. 뉴질랜드는 대체 어떤 나라길래 여성 관련 정책도 굿, 도시환경 정책도 굿, 사회적경제 정책도 굿, 농정도 굿일까.

점심 메뉴와 멤버는 보통 아침 9시 20분 전후로 확정한다. 어제는 갈치조림＋막걸리를 먹었다. 오늘은 닭고기＋막걸리를 먹을 예정이다. 덕분에 이번 달 나의 식비는 역대 최저를 기록했다. 과장님은 식사하면서 30년 넘게 근무했던 썰을 풀어놓는데 주무관들은 매일 들어서 이제 다 외울 지경이란다. 확실히 내가 일했던 비영리단체 쪽은 자유로운 분위기라 누가 혼자 자기 얘기를 주구장창 하는 걸 거의 보지 못해서 이것도 신선하다.

　　연예인 소식과 다른 사람들 이야기를 아주 디테일하
게, 그리고 재미나게 하는 것도 흥미롭다. 난 연예인에게
도 별로 관심 없고 자리에 없는 모르는 사람들 얘기에도
별 관심이 없는데 남 얘기를 하는 것도 사회생활의 일부일
까? 덕분에 연예인 누가 전역한다는 소식도 알았고 새로
운 수목 드라마가 재미있다는 사실도 알게 되었다.

산하기관에서 오는 행감 자료를 보고 의원들이 요청한 자료가 맞는지 체크하고 있다. 2천 페이지가 넘는 곳도 있는데 정리하느라 고생이 어마무시했겠다. 오타가 난 경우에는 직원들이 와서 스티커 작업을 한다. 고생이다. 제출 서류에 사회적경제기업 제품 및 서비스 구매 실적이 포함되는데 거의 장애인단체에서 복사용지와 종이컵만 구입한다. 그거 말고도 정말 괜찮은 제품과 서비스 많은데. 이걸 어떻게 더 확산할 수 있을까?

오늘은 맞선 얘기가 한창이다. 팀장님, 과장님은 다른 부서 여자 주무관을 결혼시켜야 한다면서 ○○○ 주무관, 남자들이 보기엔 어때? 매력 없어? 하고 묻는다. 한 주무관님이 일 잘하는 여자는 동료로는 좋은데 애인이나 부인으로는 별로라고 대답한다. 나는 일 잘하는 사람이 어떤 관계에서든 다 좋던데. 여자 주무관님은 같은 공무원 남자는 싫단다. 나는 같은 분야에서 일하는 사람이 좋던데. 뭐지, 뭐지.

　　실수 아닌 실수를 했다. 전화를 당겨 받았는데 국외 연수를 떠난 ㅌ의원 언제 귀국하느냐 묻는 전화였다. 귀국 날짜를 말해줬더니 과장님이 깜짝 놀라며 ㅌ의원 국외 연수 떠나면서 자기가 떠난다는 사실을 어디에도 말하지 말라고 했단다. 듣고 있던 주무관들도 황당해서 그게 극비 사항이냐고 물었더니 아무래도 내년에 선거도 있는데 자꾸 해외 나가는 거 알려지면 좋지 않다면서 누가 의원 일정을 물으면 연락이 안 된다고, 잘 모르겠다고 하라는 대안을 남기고 떠났단다. 다행히 전화 건 쪽이 신문사 기자가 아닌 내부 사람이고, 이미 떠난 사실을 알고 귀국일을 물었기에 조용히 넘어갔지만 너무 웃긴다. 요즘이 어떤 시대인데 연락 안 된다는 핑계가 먹힌다고 생각하나. 내가 기자라면 ㅌ의원 실종 의혹 기사 쓰고 싶다.

과장님은 아침부터 오늘은 의원들 점심시간에 안 나오게 기도하자고 하신다. 그러나 꼭 누구 하나는 귀신 같이 나타난다. 정말 찰나와 같은 순간 정적이 흐르는데 돌아가면서 한 명이 희생하자는 쪽이다. 나머지라도 편하게 먹자고. 현명하다. 과장님은 엄청 바쁜 주무관들을 불러서 〈생생정보〉 440회에 나온 맛집 검색하라고 시킨다. 그러면 또 겁나 빠르게 검색해서 알려준다. 매일 찾아오는 과장님 손님들은 그렇게 술을 마시고 매일 야근하면서도 가장 큰 관심사는 어이없게 건강과 건강식이다. 30~50대에 그렇게 술 먹고 야근하다 60대 이후로 건강을 되찾기가 가능한가?

　　의원들은 부모님이 과수원을 하셨나, 과일을 찾아도 너무 찾아서 케이터링을 했다. 작은 케이스 하나에 4천 원인데 너무 부실하다. 창업 지원 받아서 내가 이거 해볼까? 했더니 주무관님들이 의회 과일은 무조건 주문하겠다고 한다. 의회만 접수해도 매출 최고겠다.

　　오늘 점심엔 차 타고 한우 먹으러 간다.

어제 점심엔 의원 12명과 함께 한우를 먹었다. 비싼 밥을 먹는데 모래알을 씹는 것 같은 시간이었다. 인원이 거의 20명쯤 돼서 24인승 의회 버스를 타고 갔다. 그래서 기사님도 함께 밥을 먹게 되었다. 주차하고도 남을 시간이 지났는데도 들어오지 않다가 식사가 막 절정에 이르렀을 때 조용히 내 옆자리에 앉으신다. 자리도 넉넉한데 테이블 모서리 끝에 앉으시길래 가까이 오시라고 했더니 괜찮다며 식사를 하는데 한 3분인가 4분 만에 끝내고 바로 일어났다. TV에서 음식 빨리 먹기 대회 하는 거 말고는 이렇게 빨리 먹는 사람은 처음 봤다. 공깃밥 나오고 된장찌개가 나오기도 전에 이미 일어났으니깐.

의원들이 밥에 예민한 만큼 나도 그러하다. 예민한 포인트는 다르다. 나는 누구나 따뜻한 밥을 여유 있게 먹어야 한다는 생각이 가장 우선이다. 의원들은 1시간 반이 넘게 수다를 떨고 주변에서 온갖 시중을 받으며 먹는데 누구는 5분도 안 되는 시간에 밥을 먹어야 하는 상황이 불편하고 괴롭다. 물론 기사님한테 밥을 빨리 먹으라고 한 사람은 아무도 없다. 아마 의원들 눈에는 투명 인간처럼 보이지도 않았을 거다. 그렇지만 너무나도 당연히 그렇게 먹고 일어나야 하는 이 구조가 엉망진창이라고 생각한다. 어찌나 빨리 드시고 일어나는지 깜짝 놀라서 눈을 동그랗게 뜨고 팀장님을 바라봤더니 원래 운전하시는 분들은 식사를 빨리하고 나가신다는 말과 함께 괜찮다는 눈빛을 보낸다. 어떻게 눈빛만 보고 마음을 읽어내셨지?

ㅍ의원이랑 식당에 갈 때마다 쥐구멍으로 들어가고 싶다. 반찬 가짓수가 왜 이렇게 적으냐, 리필이 너무 느리다, 겉절이가 짜다 등등의 불만을 어찌나 호통을 치면서 말하는지 민폐도 이런 민폐가 없다. 배우 박원숙이 민폐 캐릭터로 연기할 때 소리 지르는 것보다 10배는 더 심하다. 다이어트 한다는 말이나 말지 살은 빼야 한다면서 온갖 반찬을 흡입한다. 식당에서 하도 소리를 질러서 그만큼 소화가 빨리 돼서 많이 먹는 게 틀림없다. 우리 집에서 식사 예절 교육 한번 받았으면 좋겠다.

3남매 모두 초등학생일 때 식당에 가면 어린이라며 앞접시에 음식을 덜어주는 게 그렇게 싫었다. 한 그릇 통째로 혼자 먹고 싶었다. 물론 다 먹지도 못한다. 셋이 너무 떼를 쓰니깐 아빠는 남기면 안 된다는 단서와 함께 한 그릇씩 시켜주셨다. 반도 못 먹었는데 셋 다 배가 터질 지경이 됐지만 아빠가 너무 무서워서 꾸역꾸역 먹었다. 지켜보던 식당 사장님이 걱정하면서 남겨도 된다고 할 정도였다. 결국은 울면서 포기했고 그날 밤에 한 명은 배탈 나고 한 명은 토하고 난리도 아니었다. 그 이후로 다시는 밥 먹으면서 떼쓰거나 소란을 피우지 않는다. 우리는 가끔 부모님에게 어릴 때 너무 엄하게 키워서 애들이 쭈구리로 컸다고 말하는데 그래도 예의 없이 굴거나 폐를 끼치는 것보다는 낫다는 게 부모님 생각이다.

　　그렇게 온갖 민폐를 끼치며 식당을 들쑤시고 나오면서 내일은 굴밥, 모레는 도루묵을 먹자고 한다. 어쩜 이렇게 미래에 먹고 싶은 메뉴가 현재 시점에서 잘 떠오르나 모르겠다.

ㅎ의원이 택시가 안 잡힌다며 주무관에게 자기가 있는 곳으로 데리러 오란다. 카카오택시 모르세요? 시골에 있는 것도 아니고 시내 한복판에서 택시도 못 잡으면서 대체 무슨 일을 하겠다는 건지. ○○시 시장 선거 출마한다는데 이런 사람 뽑히면 아니 되오.

ㄱ의원은 스마트키를 차 위에 두고 출발한 것 같은데 동네에 도착해서 내리니깐 키가 없다면서 의회 주차장에서 찾아오라고 전화했다. 주무관님들과 어디서 흘렸는지도 모를 키를 도청 주차장에서 찾는데 사막에서 진주알 찾는 게 뭔지 알게 되었다. ㄱ의원도 시장 선거 출마한다는데 이런 사람도 뽑히면 아니 되오.

무례하고 자기밖에 모르는 사람이 되면 안 되겠다는

생각을 오늘도 어김없이 한다.

오늘은 알바 기간을 더 연장하자는 제안을 받았다. "도움이 돼도 너무(?) 된다"는 말과 함께. 이제 딱 2주 남아 D-day만 보고 있었는데 이게 무슨 일이야. 물론 전혀 도움이 안 되니 빨리 나가줄래? 하는 것보다야 훨씬 낫지만 이쪽도 별로 반갑진 않다. 우리 백수 친구들의 언어로 말하자면 '그냥 노예'에서 '인정받는 노예'가 된 것이다. 무엇보다 덕질 금단현상 때문에 손이 다 떨린다.

그래서 일을 계속할 생각은 없다고 말씀드렸는데 행감 끝나면 바쁘지 않으니 쉬엄쉬엄 같이 하자며 다시 생각해보라는 답을 들었다. 회사든 알바든 그만둔다고 하면 다시 생각하라는 말부터 듣는구나. 나로선 엄청 심사숙고한 결정인데 말이다. 의회랑 정말 잘 맞아 보인다며 심지어 얼굴이 폈다는 얘기까지 들었다. 하긴 매일 보양식을 잘 먹으니깐 그건 인정이다.

드디어 행감이 시작되었다. 의원들은 지난주부터 "야, 이번엔 어느 기관을 조질까?" 하는데 어휴, 언어 참 저렴하다, 저렴해. 너님들 선거나 조지세요. 오늘은 C기관 행감 날인데 한 10명 오려나 싶었는데 50명 정도 와서 회의실에 앉아 있고 나머지 실무자들은 대기실에서 대기 중이다. 낮익은 얼굴이 많은데 점심 같이 먹었던 사람들이다. 의원들이 하는 질문에 기관장이 대답하는데 디테일한 내용까지는 다 모르니깐 실무자들이 옆에서 서류 넘겨가며 자료를 초스피드로 찾아서 의원 질문이 끝나기 전에 기관장에게 내민다. 스피드가 생명이다. 조금만 느리면 의원들이 닦달한다.

의원들은 다 같이 말버릇 교육이라도 받았는지 남의 말을 그렇게나 잘라먹는다. 말 자르면 카리스마 있어 보이는 줄 아나? 예의만 없어 보일 뿐이다. 대체 왜 자기가 묻고 대답은 안 듣는 걸까. 산하기관장은 그렇게 탈탈 털리고 나서도 쉬는 시간에 의원님 오랜만에 뵙는다며 악수를 청한다. 그것도 활짝 웃으면서. 나라면 부들부들 거리면서 쳐다도 안 봤을 텐데 대단하다. 그래도 행감 때는 출석률 높을 줄 알았는데 의원들은 자기 질문만 하고 나가고 진짜 개판이다. 의회 직원들과 산하기관 직원들 혼은 쏙 빠지지만 의원들 밥은 너무나 중요하기에 점심시간으로 2시간을 잡는다. 오늘은 능이백숙집에 갔다. 산하기관 직원들은 오전에 의원들이 말한 자료 준비하느라 밥은 당연히 못 먹는다.

이제 속기사 2명도 함께 점심을 먹게 되었다. 속기사 타자 속도는 보통 1분에 1300타 나온다고 하던데 몹시 궁금한 나는 또 질문이 폭발했다. 스마트폰으로 문자 보내기도 빠르냐, 손이 빠르니깐 게임도 잘하시냐고 물었더니 아주 조용한 속기사님이 문자는 조금 빠르고 게임은 잘 못한다고 대답한다. 속기사에겐 직업병으로 어깨 통증과 귀가 잘 들리지 않는 증상이 있단다. 의원들이 회의 때 고함쳐서 그런 줄 알았는데 녹음 파일을 하루 종일 듣는 경우가 많아서 그렇다고 한다. 속기는 말을 그대로 다 받아 적으니깐, 이걸 직업으로 하다 보면 말하는 사람 성향이 다 보이지 않냐고 물었더니 그렇다고 한다. 옆에서 주무관님이 진상 의원 탑3 뽑은 걸 말하면서 일치하냐고 했더니 그냥 웃기만 한다. 말하지 않아도 알아요~ ♫

ㄴ의원은 행감 자료 미리 하나도 안 봐놓고 직원들에게 한 꼭지씩 질문을 뽑아달라고 한다. 주무관들은 질문 뽑느라 야근하고 주말에 출근한다. 모르면 질문을 말아야 하는데 말은 해야겠고 자료 보기는 귀찮고 그렇다고 안 보고 질문할 역량은 안 되니 공무원들만 죽어난다. 알바생인 나에겐 자료 분석만 맡기고 질문을 뽑아달라고는 하지 않아 다행이다. 하긴 나한테 질문 뽑아달라고 했으면 속기사는 손 빠르니 게임 잘하겠네요? 같은 질문 뽑았을 거다.

ㄷ의원이 자료 몇 장을 주더니 이걸 스캔해서 글씨 크기를 크게 편집해달라고 한다. 뭐지? 스캔 파일을 어떻게 편집하나. 편집은 안 된다고 했더니 아무튼 해보란다. 우와, 스캔 파일 편집해달라는 사람이랑 대화도 하고 신선

하다, 신선해.

　　의원들 최대 관심사는 이제 행감보다도 국외 연수다. 비용이 생각보다 많이 나와 경비가 오버되니깐 한 의원이 통역비를 깎으란다. 뭣이여, 자기네 먹고 자는 걸 줄여야지 어떻게 남의 인건비를 깎을 생각을 하나. 열받지 않을 수가 없다. 통역비 깎으면 통역도 절반만 해주면 되나? 환장할 노릇이다.

문재인 대통령 시정연설 참고하게 출력해달라는 의원 등장. 그래, 좋은 건 좀 베끼세요. 안철수가 오바마 연설 베낀 것처럼만 하지 말고.

어제는 낙지곱창새우전골과 낙지탕탕이를 먹었다. 오늘 점심엔 회와 매운탕을 먹었다. ㄹ의원이 소주랑 막걸리도 시켰다. 지금 행감 중 그것도 점심인데 술을 먹어야겠나? 결국 여러 병 시켜서 네 병이 남았는데 남은 건 본인 이름으로 키핑해놨다가 다음에 와서 먹겠다고 한다. 소주를 키핑하는 건 처음 봤다.

ㅁ의원이 간식으로 미스터피자를 몇 판 시켜라, 하나는 고구마 들어간 걸로 시키라고 했더니 주무관님이 미스터피자에 전화해서는 "고구마 들어간 피자 하나랑요, 나머

지는 아무거나 갖다 주세요." 하는데 깜짝 놀랐다. 딱 의원이 뱉은 말 고대로 주문하기. 아무거나 달라니! 미스터피자, 이런 주문은 처음이지?

50대 후반의 ㅂ의원이 사는 게 왜 이렇게 힘든지 모르겠다며 너는 어떠냐, 아직 젊어서 힘든 거 모르지? 하길래 무슨 소리냐고, 이미 10대 때부터 사는 게 힘들었다고 답했다. 저는 심지어 30대 백수입니다.

행감 대기 장소는 영화 〈에어포스원〉과 비슷하다. 대형 모니터 앞에 직원들이 모두 모여 있고 전화기와 컴퓨터 붙들고 있는 모습. 에어포스원이 테러범들에게 납치돼서 미국 대통령의 생사를 알려주네 마네 하는 장면이 떠오른다. 갑자기 복사기가 고장 났는지 산하기관 직원 한 명이 와서 복사를 부탁하는데 손을 부들부들 떤다. 얼음물 한 잔 드릴까요 물었더니 괜찮다며 행감에 처음 따라와서 긴장했다며 고맙다고 꾸벅 인사하는데 어휴, 마음이 또 짠하다.

주무관들로부터 나 같은 동료랑 평생 같이 일하고 싶다는 이야기를 들었다. 이런 동료와 상사면 좋겠다고 나도 생각하고 있었는데 통하였도다. 의회는 이틀 만에 적응 완료했었는데, 주무관들 이제 못 본다니 너무 아쉽다. 갑자기 사회성이 높아진 건 아닐 테고, 합이 잘 맞는가 보다.

드디어 나에게도 행감 질문 뽑아달라는 의원이 등장했다! 다음 주 행감 기관 전부 다, 한 기관당 세 개씩 질문을 뽑아달란다. 관심 있는 주제가 뭐냐고 물었더니 그냥 다 관심 있으니깐 아무거나 뽑아달라고 한다. 아무것도 관심 없는데 말하기를 좋아해서 질문은 해야겠으니 있어 보이는 질문 뽑아달라는 뜻이겠지. 좋은 방법이 있다. 행감 대상 기관 담당자에게 (셀프) 허를 찌르는 질문을 뽑아달라는 것이다. 이게 무의미한 요청에 무의미하게 대응하는 최고의 방법이 아닐까 싶다.

산하기관에 전화해서 속닥속닥 질문 세 꼭지씩 뽑아서 보내달라니깐 눈치가 빠른 담당자는 바로 보내준다고 한다. 무슨 상황인지 바로 이해하지 못한 담당자는 질문이랑 답변이랑 같이 보내드리면 되냐고 묻는다. 답변은 기관장님이 하시니 질문만 보내주셔요 하니깐 아~ 하면서 같이 웃는다. 그래, 어차피 헛소리 할 거면 괜히 직원들 고생시키지 말고 짜고 치는 고스톱이 낫다. 물론 의원만 모르는 판이 깔린다는 사실이다.

오늘도 속기사들과 함께 밥을 먹는데 내가 생각해도 질문을 많이 하는 것 같아서 물어봤더니 여태 직업에 관해 질문한 사람 중에서 내가 궁금한 게 제일 많다고 한다. 허허허, 속기사라는 새로운 직업이 신선해서 그만.

점심으로 수육과 돼지국밥을 먹었는데 ㅅ의원이 계산하면서 수육 대大자 하나 추가로 계산해두라고 한다. 자기가 나중에 와서 먹으려는 거다. ㅇ의원은 의회 올 때마다 먹을거리 한 보따리씩 가져간다. 엊그제는 냉동실 뒤져서 볶은 우엉 두 통을 통째로 다 가져갔다. ㅈ의원은 소시지 다 털어가고 ㅊ의원은 바나나랑 양갱 다 털어간다. 과일은 사과나 배처럼 흔한 건 거의 먹지 않고 멜론, 파인애플, 딸기, 대봉처럼 비싸거나 손이 많이 가는 것만 찾는다.

'다 먹고살자고 하는 일이지'라는 말 이제는 하지 말아야겠다. 먹어도 너무 먹는다.

오늘 점심엔 전복구이와 갈비탕을 먹었다. 매번 15명 내외의 인원이 함께 밥을 먹는다. 혼자 살면서 혼자 밥 먹을 때가 많았는데 이렇게 또 평균이 맞춰진다. 다들 밥을 너무 빨리 먹어서 꼭 군대에서 먹는 밥이 이럴까 상상한다.

문득 남동생이 신입 사원이었을 때가 떠오른다. 조직 문화가 남성적이고 수직적이기로 유명한 회사에 입사했는데 부장님 밥 먹는 속도에 맞춰서 먹다 보니 소화가 안 돼서 매번 소화제를 가지고 다녔다. 그때 나는 동생에게 "야, 뚫린 입이 있는데, 다 먹었으면 먼저 가라고 왜 말을 못해?"라고 물었더니 동생은 그런 말을 할 수 있는 분위기가 아니라고 말했다. 의회도 똑같다. 그래서 밥을 빨리 먹는 대신 천천히 시간이 될 때까지 먹는다. 밥이 많이 남는다. 살이나 빠졌으면 좋겠는데 그러기엔 너무 고영양 식단이다.

　주무관들이 계속 더 일하라고 말하고 내가 떠나면 눈물이 날 것 같다고 한다. 이 사람들은 왜 이렇게 나를 원하고 있나, 나는 여기서 어떤 역할을 하고 있는지 내 모습을 관찰했다.

　일단 다들 기분이 가라앉아 있는 와중에 웃으면서 출근 인사를 하는 일로 하루를 시작한다. 어제도 늦게 퇴근했는지 물어보고 내가 도울 수 있는 일은 언제든 달라고 말한다. 과장님의 독백―주로 TV 본 이야기, 주말에 봉사활동이나 등산 갔던 이야기―에 추임새를 넣고 대답한다. 표정을 보거나 목소리만 들어도 오늘 컨디션이 느껴져 별로다 싶으면 말 걸지 않는다. 손님이 오면 차를 내오고 의원들 먹을 과일을 준비한다. 초반에 하도 진상 의원이 많아서 대체 어떤 사람일까 궁금해 개인 블로그나 홈

페이지를 찾아봤다. 그때 봤던 의원들 가족 이야기나 옛 추억들을 기억하고 있다가 대화할 때 꺼내면 언제 그걸 봤냐며 무척 좋아한다. (아, 이 죽일 놈의 호기심!)

의원들이 지나가면서 던지는 말들―어떤 자료 찾아라, 자료 분석해라 하는 것―은 다 메모해뒀다가 찾아주거나 주무관들이 까먹지 않게 상기시킨다. 구글링으로 자료 찾기는 원래도 좋아하고 잘하는 일이었는데 여기서 제대로 써먹고 있다. 의원이 말하는 동시에 통계청, 법령정보센터, 국회 자료 검색해서 다운받아 주무관들에게 보내놓는다. 부탁하는 분석 자료는 최대한 빨리, 보기 좋게 편집해서 보낸다. 누가 아프다고 하면 의무실에 가서 약을 받아온다. 팀장님이 아주 민감한 자료라며 엑셀 파일 정리를 부탁해서 후딱 만들었더니 한 3일은 걸릴 줄 알았는데 어찌 이렇게 빨리했냐고 묻는다. 그래서 급한 자료 같았고 원래 손이 빠르다고 덧붙였다. 엑셀 정리 좋아하는데 오랜만에 수식 만드니깐 또 재밌다. 이게 무슨 일이야.

행감 때문에 팀장님은 눈 실핏줄이 터졌고 주무관들은 입술에 물집이 잡히고 다크서클 내려오고 난리도 아니다. 남자 주무관 셋은 남자들끼리만 있으면 욕이 막 나오는데 내가 있어서 참는다길래 그냥 편히 욕하시라 하고 경청한다. 의원들이 발의한 조례 정리가 필요하다 해서 의회 자료실 뒤져 정리해서 보낸다. 찻잔이 쌓이면 빨리 설거지를 한다. 유일한 여성인 동갑내기 주무관은 내가 온 뒤로 분위기가 훨씬 부드러워졌고 본인도 대화할 사람이 생겨서 좋다고 한다. 남자친구랑 싸운 이야기 하면서 이거 누가 잘못한 일이냐는 질문에도 이렇다 저렇다 의견을 말하고, 아이가 7개월이라는 남자 주무관님과는 조카 이야기를 하면서 공감한다.

오늘은 T의원이 행감 끝나고도 더 있으라고 말했다. 그래서 더 일하고 싶은 생각은 없다고 하니깐 왜 그러냐, 의원들이 괴롭히느냐고 묻는다. 최소한의 일만 하고 최소한의 돈을 벌면서 살고 싶다고 했더니 결혼은 어쩌느냐, 그럼 안 된다는 잔소리가 쏟아진다. 일 많이 해서 돈 많이 벌어야 결혼이 가능한가?

아무튼 쓰다 보니 나도 이런 동료랑 같이 일하고 싶을 지경이다. 결국 사람들은 자기의 말을 경청하고, 배려하고, 도와주는 걸 좋아하더라. 당연한 일이다. 여기서 중요한 것은 '영혼 있게' 듣고 반응하는 거다. 근데 이렇게 일방적으로 듣고 배려하고 돕는 건 나도 처음이라 이럴 수 있는 원인이 무엇인지 궁금하다. 알바생이라는 부담 없는 신분이고 기간이 한정된 일이라 가능한 것인지, 사람들이 워낙에 좋아서 저절로 이렇게 행동하게 되는지, 아니면 요즘 철학에 푹 빠진 덕분에 사람을 이해하는 깊이가 깊어져서인지 모르겠다. 분명한 것은 모두가 위태로운 삶인데 서로 더 지독하게 만들지는 않았으면 좋겠다는 마음이다. 그래서 고생했다고 말해주고 자주 고맙다고 인사한다. 근데 이건 초딩 때 배우는 기본 중 기본인데. 기본이 가장 어렵고 그래서 제일 중요하다는 걸 나는 이제야 진정으로 깨닫고 있다.

버스로 이동할 때 몇몇 의원은 핸드폰으로 계속 아이돌 노래를 틀어놓는다. 이거 무슨 노래인지 아냐고 물어서 처음 들어보는 노래라고 했더니 방탄소년단, 지코 노래라고 알려준다. 그러면서 어쩜 이렇게 젊게 사냐고 서로 칭찬한다. 사상이 젊어야지 아이돌 노래만 안다고 그게 젊은 건가.

ㅍ의원은 노인들 대상으로 강의를 하게 되었다며 강의 PPT를 만들라고 시킨다. 주제가 뭐냐고 하니깐 그냥 재밌는 걸로 하란다. 주제도 정하지 못하고 뭘 시키지?

의원을 어려워하는 사람이 너무 많다. 다들 쩔쩔매니 기고만장해서 겸손할 줄을 모른다. 사람 대 사람으로, 나이가 많거나 높은 자리에 있다고 누가 어려운 경우가 없는 나는 어느 장단에 맞춰야 할지 모르겠다. 어렵지 않아도 같이 어려운 척을 해야 하는지.

　ㅎ의원에게 행감 예상 질문 자료를 줬더니 고대로 읊는다. 신문기사가 자료로 있었는데 요즘 기사는 봤냐고 물으며 질문을 시작한다. 이거 다 행감 기관에서 받은 자료인데, 어휴. 근데 웃긴 건 기관장이 대답을 너무 못한다는 사실이다. 연기를 하는 것인지, 아니면 행감 담당자가 자기만 알고 위에 보고하지 않은 건지 모르겠다. 그렇다면 기관장을 엿 먹이려는 빅 픽처인가! 이게 무슨 바보들의 게임인지 모르겠다.

ㄱ의원이 강의를 잠깐 들었는데 한 교수가 "4차 산업은 나 말고는 가르칠 사람이 없다"고 자신만만하게 말했단다. 홀딱 반했다면서 누군지 찾아서 강의 자료 받으라고 해서 대학 과사무실에 전화해 자료를 부탁하는데 하필 교수가 외부에 있어 내일이나 메일 발송이 가능하다고 한다. 의원에게 전했더니 또 화를 버럭 내면서 직접 전화한다. 그랬더니 바로 자료가 도착한다. 이래서 다들 목소리 크면 장땡이라고 하는 건가. 휴~

행감장에서 자기 질문만 딱 하고 나와서 먹고 노는 의원이 너무 많다. ㄴ의원은 자기가 잠깐 졸았는데 혹시 코를 골았는지 물어본다. 이게 대체 무슨 질문이야.

ㄷ의원이 비싼 차茶를 선물 받았는데 손가락 두 마

디 정도에 12만 원이나 한단다. 다른 사람 주지 말고 자기만 달라고 해서 숨겨놨다가 줘야 한다. 의원들이 워낙 다 간식을 털어가니깐 간혹 다과가 비는 찰나와 같은 시간이 생긴다. ㄷ의원은 다들 너무한다며 욕을 한바탕 하고는 자기는 딸기 한 팩 가져가도 되냐고 묻는다. 그거 한 팩에 1만 6천 원인데. 이건 뭐 똥이 설사한테 너는 왜 그렇게 더럽냐고 하는 꼴이다.

오늘 점심엔 떡갈비를 먹었는데 의원들은 소고기, 직원들은 돼지고기를 시켰다. 소고기가 너무 비싸서 가격을 맞추려면 어쩔 수가 없다. 점심 먹고 도청으로 돌아오는 버스에 어쩌다 보니 ㄹ정당 의원들만 탔다. 그랬더니 ㅁ정당 의원들 욕을 또 엄청 한다. 뭘 선물로 주면 보답이 없다는 거다. 고마운 걸 모르는 뻔뻔한 사람들이라며 욕 한바탕. 보답을 바라지 않고 주는 게 진정한 선물인데, 뭔가를 바라고 줬다면 그건 진짜 선물이 아닌 걸 왜 모를까.

어제는 저녁 7시가 넘어 행감이 끝났다. 부대찌개를 먹었다. 부대찌개 가격은 1인분에 7천 원으로 평소에 먹는 가격에 비해 저렴했기에, 자리에 있던 의원 10명×2인분씩 포장해달라고 하더라. 그래서 40인분 결제하고 의원들은 술까지 먹었다. 의회에는 밤 11시에 도착했는데 1층에서 먼저 들어가라고 하길래 여기까지 와서 혼자 휭 가기도 미안해서 같이 정리하고 집에 오니 자정이 다 됐다.

알바는 추가 수당이 없는데 어제 일찍 나오고 늦게 들어갔다며 점심 전에 퇴근하라서 일찍 집에 와 온수 매트 위에서 음악을 듣고 있다. 이게 얼마 만에 만끽하는 평일의 자유인지! 폴 매카트니의 〈This Never Happened Before〉는 정말 매력적이다. 아무도 물어보지 않았는데 존 레논과 폴 매카트니 중에서 누가 좋은지 거의 20년째 선택하지 못하고 있다.

ㅂ의원과 ㅅ의원이 개고기를 좋아한다며 점심으로 먹자는데 못 먹는다는 의원이 많아 다행히 무산되었다. 둘 다 성격이 유독 멍멍이 같아서 개고기를 좋아하는 게 아닐까 생각했다. 둘이 정당은 다른데 영혼의 짝꿍이다. 서로 끌리지 않을 수가 없다.

ㅇ의원이 쇼핑백에 테이크아웃 커피 두 잔을 넣어달라길래 고정이 안 되는데 어쩌나 했더니 나더러 머리가 나쁘다면서 바나나 한 다발을 가져와 중간에 고정하고 빈 곳은 소시지와 양갱으로 채운다. 이런 머리 좋아서 좋겠습니다.

유일한 여성이자 동갑내기 주무관과 아주 깊은 얘기까지 나누게 되면서 이런 공무원 조직이 너무 싫고 의회 스트레스가 너무 심해 우울증에 걸릴 것 같다며 어떻게 하면 좋겠냐는 고민을 들었다. 뭐가 제일 힘드냐고 했더니 멀쩡히 대학 졸업하고 열심히 공부해서 합격했는데 하는 일의 반 이상이 과일 깎고 맛집 검색해서 메뉴 정하는 일이라는 거다. 이런 일을 할 때마다 스스로 하찮은 존재가 된 것처럼 느껴져 절망적이라고.

당연히 그렇게 생각할 수 있지만 하찮은 일을 한다고 주무관님이 하찮은 사람이 되는 건 아니라고 말했다. 그리고 세상에 하찮은 일은 없고 모든 일에는 나름의 의미가 있다고 말하는데 이게 무슨 긍정왕이야. 어떻게 그렇게 멘탈이 단단하냐는 질문에 나를 돌아보았다. 극도로 염세적인 나머지 이렇게 된 게 아닐까?

주무관님과 '나라일터' 홈페이지를 보며 어느 기관으로 가면 좋을지 같이 찾아보았다. 원하는 곳이 있었는데 아뿔싸, 정신없던 행감 기간 중에 채용 공고가 마감되었다. 정식 TO가 아닌 1대 1 인사이동은 지역이나 기관을 옮기고 싶은 사람들끼리 쪽지 주고받고 기관에서 또라이 아닌지 정도의 면접만 통과하면 서로 맞바꿀 수 있는데 행안부(행정안전부)에서 나오려는 사람들 글이 한 페이지에도 몇 개씩 있다. 잘은 모르지만 이게 행안부가 헬이라는 방증이 아닐까 싶어 행안부는 피하자고 했다.

근데 유튜브 보면 선망의 나라인 핀란드 젊은이들도 자기네 나라 헬이라고 난리다. 결국 어디든 마찬가지니 헬에 살지만 헬 아닌 듯 무덤덤하게 살거나, 헬임을 충분히 인지하지만 헬에서만 뽐낼 수 있는 해학과 풍자, 명랑함을 뿜어내며 살아야 하지 않을까?

의원들은 아마도 매번 말하기 귀찮아서, 주무관들은 아마도 나를 신뢰해서, 아이디와 비밀번호를 다 알려준다. 나는 아무리 급하거나 아무리 친해도 다른 사람에게 알려 준 적이 없는데 이것도 신선하다. 의원들이 분석해달라며 보내준 자료는 너무 민감한 자료들이라 도대체 무슨 생각 으로 이걸 나한테 보내나 싶다. 어쨌든 딱 처리할 일만 하 고서 바로 로그아웃하고 더 조심하게 된다. 신뢰가 쌓이 는 건 꽤 오래 걸리지만 무너지는 건 순간이기에.

이제 행감이 끝났고 아무 일정이 없어 우리끼리 조용 히 점심을 먹을 수 있겠군 싶었다. 알바 초반부터 저녁에 는 수업이 있어서 회식이 어렵다고 말해둬서 점심 회식을 하기로 했는데, 마지막 알바날이라고 굳이 ㅁ의원이 점심 을 같이 먹자고 해서 굴 보쌈정식과 막걸리를 먹었다. 의원 선거구가 내가 사는 동네인데 마지막 밥을 먹으며 주민등록증 주소가 부모님 댁은 아니냐고 확인하며 내년에 선거 꼭 하라고 신신당부를 한다. 내가 투표하면 본인에게 불리하다는 걸 어째 짐작도 못 하는지 신기하다.

업무 마무리를 하고 있는데 ㅁ의원이 그동안 고생 많았고 어디서든 사랑받을 거라며 봉투를 하나 내민다. 월급 받으면서 일했으니 괜찮다고 했더니 또 화에 가까운 잔소리를 한다. 한참을 씨름하다 가방에 넣고 가버린다. 마지막 날이라 주무관들에게 선물할 나의 첫 번째 독립출판물*을 가져왔는데 ㅁ위원을 줄까 말까 고민했다. 아빠 친구분께서 책을 읽고는 "자네 딸은 의식화된 좌파구만." 이라는 소감을 남기셨기 때문이다. 평범한 60대가 보기에도 그러한데 매번 빨갱이 드립하는 ㅁ의원에겐 얼마나 불온한 글일까 싶어 꺼려졌으나 자기 선거구 사람을 지나치게 아끼니 괜찮다는 주무관들 의견에 따라 받은 돈 5만 원에 상응하는 책을 주는 것으로 퉁치기로 했다.

●   《이토록 진지한 유럽 여행기 혹은 이렇게 가벼운 대안경제 여행기》라는 길고 어정쩡한 제목의 독립출판물. 한국에서 열심히 번 돈을 유럽 하늘에 흩뿌리고 온 내용으로 구성.

퇴근길에 그 5만 원을 들고 재래시장에 가서 홍시랑 오이, 콩, 어묵 등을 사서 양손에 들고 집으로 향하면서 역시 장사는 현금 장사가 최고구나 싶었다. 콧노래가 나왔다. 이것은 도의원에게 책 팔아 생활비에 보탠 이야기~

　그렇게 마지막 식사로 굴 보쌈정식을 푸짐하게 먹고
맙소사, 노로바이러스에 걸리고 말았다. 잠복 기간이 48
시간 정도라던데 정확히 48시간 후부터 증상이 나타났다.
아팠던 경험이 없는 내게는 인생 최악의 고통이었다. 면역
력도 좋아 감기도 잘 걸리지 않는데 이게 무슨 일인지 너
무 황당해서 머리가 핑핑 도는 와중에 이것저것 검색해보
니, O형은 다른 혈액형에 비해 노로바이러스에 걸릴 확률
이 3배나 높다고 한다. O형은 모기도 제일 좋아하던데 대
체 왜죠?

　아무튼 한창 사경을 헤매고 있는데 의회에서 전화가
왔다. 급히 며칠만 더 나와달라는 전화였다. 이유인즉슨
내년 지방선거를 위한 공천 자료 제출 기간인데 행감 때
문에 다들 미루고 있다 발등에 불이 떨어진 것이다. 노로

바이러스로 발이 묶여 출근 못 한다고 했더니 재택근무라도 괜찮단다. 작업하는 컴퓨터가 맥북이라 관공서용 문서 편집이 어렵기도 하고 무엇보다 머리가 핑핑 돌아서 어렵다고 거절했다.

지금 사흘째 사경을 헤매고 있는데 뭔가 몸이 가벼워진 느낌이라 몸무게를 쟀더니 3.5킬로가 빠졌다. 어차피 다 수분이겠지만. 체중이 빠지는 과정은 역시 인간의 존엄성을 잃는 시간임을 깨달았다. 노로바이러스는 감염이 빨라 증상이 나아져도 2주 정도는 같이 밥을 먹거나 화장실 함께 쓰거나 하지 말라는데 이렇게 강제 고립이 되었다. 이것은 6주간 영양식 먹다가 노로바이러스에 걸려 도로아미타불된 이야기.

글은 내가 재밌어서 써왔는데 이런 글이 선물이 될 수 있음을 처음 느꼈다. 헤어지는 아쉬움이 컸는데 책을 선물하니 다들 너무 좋아했다. 나는 떠나도 글은 남는다. 이번엔 알바 일지가 남았다.

2

직장의   품격

인생이 수고롭다는 걸
배우다

퇴사는 ──────── 결재자 마음대로

　필요 이상으로 바쁘고, 필요 이상으로 일하고, 필요 이상으로 크고, 필요 이상으로 빠르고, 필요 이상으로 모으고, 필요 이상으로 몰려 있는 세계에 인생은 존재하지 않는다고, 진짜 인생은 삼천포에 있다고 《삼미슈퍼스타즈의 마지막 팬클럽》에서 박민규 작가는 말했다. 옥상달빛은 〈수고했어 오늘도〉 노래를 하루가 아니라 매 시간 단위로 쪼개서 다시 만들어야 한다. 수고했어 9시도, 수고했어 10시도, 수고했어 11시도, 또 수고했어 12시도…… 도대체 인생은 왜 이렇게 수고스러운 걸까. 신나는 일은 너무나도 많은데 밥벌이가 뭐라고. 그렇다. 나는 지금 출근

안 하고 놀고 싶다는 짧은 말을 길세 풀어쓰ㅗ 있다. 넉질 좀 하는 사람들은 알 것이다. 인생은 덕생덕사, 덕질에 살고 덕질에 죽는다는 것을. 각종 덕질할 시간이 없을 때는 이렇게 짜증나는 상태가 되곤 한다.

나는 가능하면 야근은 하지 말자는 입장이다. 최대한 근무 시간에 끝내고 정시에 퇴근해도 시간은 부족하기만 하다. 그런데 조직이나 팀 분위기상 이게 어려울 때가 있다. 그러거나 말거나. 나는 내 갈 길을 가겠다며 열심히 퇴근을 했다. 그런데 하루는 일찍 퇴근한다고 하도 눈치를 주길래 "야근 싫어요." 하고 큰소리로 말했다가 며칠을 시달렸다. "나는 공산당이 싫어요" 발언도 아니고 대체 왜 논란이 됐는지 모르겠다. 야근을 못 할 이유가 있냐는 상사의 문자를 받고 "야근은 불가피한 경우에 하는 것이지 그 외에는 6시 퇴근하는 것이 당연합니다"라고 답장을 보냈다가 두고두고 욕을 먹었다.

이곳에서 저곳으로 이동하는 것뿐인데 출근과 퇴근 길에는 엄청난 의미 부여를 하게 된다. 이게 뭐라고. 출근은 대체 왜 그리 싫고 퇴근은 왜 그렇게 좋을까. 그래서 꽤 오랜 기간 퇴근할 때 말고 가슴 설레고 행복한 순간이 언제인지 살펴보았다. 점심시간에 책 읽을 때, 구내식당에서 밥 먹을 때, 통근버스에서 음악을 들을 때 말고는 없다는 사실을 깨닫는 순간 더는 미련 없이 회사를 관두기로 결심했다. 영혼 없이 일하며 월급으로 행복 찾는 삶을 살 자신이 없었다. 돈이야 나이 들어서도 벌 수 있는 거니깐 조금이라도 젊을 때 영혼을 채우는 일과 놀이를 하고 싶었다(고 쓰고 아직도 철이 덜 들었다고 읽어야 한다는 것도 알겠다).

　퇴사 의사를 밝히자 이리저리 불려 다니며 면담을 했다. 충격이라고, 왜 멀쩡히 잘하다가 이러냐며 다시 생각해보란 얘기만 수차례 들었다. 오직 나에게만 자연스러운 결정이었다. 아니 그럼 맡은 업무 다 말아먹고 곧 떠날 사람처럼 의욕 없이 일하다가 관두는 게 나은 거냐고, 한두 푼 받는 월급도 아닌데 밥값은 해야 하지 않느냐고 되물었다. 그랬더니 퇴사 사유랍시고 말한 것들이 납득이 안 된다며 곧 나와 친한 동료들이 불려가 면담을 받기 시작했다. 쟤 왜 저러니, 뭐가 문제라니, 누군 회사 좋아서 다닌다니, 원래 인생이 자기 하고 싶은 일만 하면서 사는 게 아니잖아, 설득 좀 해봐라 등 주변인을 통한 회유가 시작되었다.

　똑똑한 동료들은 그간 지켜보니 이직이나 유학 등 결재자의 마음이 편한 퇴사는 한번에 끝나지만 그렇지 않은 경우엔 면담이 길어진다고 경험에서 나온 조언을 해주었다. 차라리 아주 결정적인 이유를 말하고 끝내라고 했다. 그렇다고 거짓말을 할 수는 없는 노릇이었다. 아니, 처음 뽑을 때는 회사 마음대로 사람 뽑아 계약서 작성했었듯이 이 계약을 끝내는 것은 이제 내 마음 아닌가? 왜 모두를 깔끔하게 납득시키면서 관둬야 하는지 나는 이해할 수 없었다.

면담 과정에서는 별 회유책이 다 나온다. 작년도 인사평가 결과 연봉 재협상 대상자인 사실을 몰랐냐며 올해 연봉을 올려주겠다는 말을 들었다. 벌써 1년의 절반이 지났는데 지금에서야. 얼마나 올려줄 생각이었냐, 그럼 원래 올려주려던 만큼 소급 적용 해주시기를 간절히 부탁드리옵니다, 이렇게 순발력 있게 대답했어야 했다. 연봉 인상 건은 관둔다는 얘기랑 무관하게 제때 해야지 왜 이럴 때 히든카드처럼 꺼내는지, 이런 방식 정말 후져서 역시 관두길 잘했다는 정신 승리까지 더해져 마음은 더 가벼워졌다.

퇴사 발표를 하고난 뒤 비행기표를 취소했다. 계속 이렇게 회사 다니다가는 숨이 막힐 것 같아 끊어두었던 로마행 비행기 티켓이다. 로마에서 환승해 피렌체에 가고 봄에는 꽃 축제가 있는 지역에 가서 꽃구경 좀 하고 돌아올 예정이었다. 그 당시에는 일단 비행기 티켓이라도 끊어놓아야 하루하루를 버틸 수 있었다. 휴가를 길게 가기에는 업무가 많을 때라서 휴가 일수 하루라도 줄이려고 평일 자정에 출발하는 비행기를 예약했다. 퇴사 결심을 하고 나니 이제 이렇게 살지 않아도 돼서 예약을 취소했다. 그리하여 위약금 32만 원을 허공에 흩뿌리게 되었다. 돈 날리기 참 자신 있을 뿐이고. 안녕, 이태리. 차오.

직장의 ——————————— 조건

나이, 가치관, 처한 환경에 따라 선호하는 직장의 조건도 계속해서 변한다. 직장을 관두고 새로운 직장을 찾는 일이 어쩌면 연애와 비슷하지 않을까 생각한다. 막 바꾼다는 뜻이 아니라, 나와 잘 맞는 곳을 신중하게 찾아야 한다. 또 내가 어디까지 맞출 수 있을지, 내려놓을 수 있을지 고민해야 한다. 그리고 정말 중요한 요소가 충족된다면 나머지는 포기할 수도 있어야 한다. 모든 조건을 만족할 수는 없기 때문이다. 그렇다고 눈을 낮추는 것을 추천하지는 않는다. 눈을 낮추는 것과 충족된 하나를 위해 나머지를 포기하는 것은 다르기 때문이다.

처음 사회생활을 시작할 때는 무조건 사회적으로 가치 있는 일을 하는 기관에서 근무해야만 했다. 그래서 조직의 비전과 미션, 멋있는 기관장과 선배들이 중요했다. 통근 시간, 근무 환경, 급여 등은 그때는 별로 중요하지 않았다. 가슴이 뛰는 일, 그 일을 하면서 보람을 느끼는 데에서 가장 큰 만족을 느꼈다. 한 번 사는 인생, 무릇 인간으로 태어났으면 이런 일은 해야 하지 않겠는가 하는 당위가 있었다. 그렇게 몇 십 년 열심히 일하다가 퇴직할 줄 알았다. 역시 나는 나를 몰랐다.

30대가 되니 전혀 예상하지 못했던 번아웃이 왔다. 너무 좋아하면서 일을 했기에 조금 지칠 수는 있어도 이렇게 심각한 번아웃을 겪을 줄은 몰랐다. 그렇게 1년을 백수로 놀았다. 나이가 어린 것도 아니었고 무슨 배짱이었는지 모르겠지만 그때는 경력 단절에 대한 두려움도 없었다. 휴식이 정말 절실하다 싶으니 뭘 더 고민할 필요도 없었다. 신나게 놀아 에너지가 충분히 충전되었다 싶을 때 다시 취직을 했다. 그렇게 또 열심히 일하다가 30대 중반에는 직장이고 뭐고 조직 생활에 정나미가 떨어져서 또 1년을 놀게 되었다. 참 이유도 가지가지.

이렇게 놀면서 공부와 이런저런 활동을 하다 보니 중

요하다고 생각했던 것이 덜 중요하게 되고, 별로 중요하지 않았던 것이 가장 중요하게 바뀌기도 한다. 그래서 나는 현재 어떤 조건을 중요하다고 느끼는지 생각해보았다. 이 조건 역시 누군가에게는 그다지 중요하지 않은 조건일 수 있다. 20대의 내가 지금의 나를 보면 이해하기 어려울 것처럼.

현재 나의 직장 조건 1순위는 집에서 가까운 거리여야 한다는 점이다. 출퇴근길에 에너지를 소모하고 싶지 않다. 슈퍼맨이 아닌 이상 에너지는 한정되어 있는데 에너지를 출퇴근길에 대중교통에서 다 소모하면 정작 힘을 쏟아야 할 때 쏟기 어렵다. 그리고 퇴근 후 취미생활을 할 수 있는 시간을 확보하는 일도 정말 절실하기 때문에 통근 시간을 줄일 수밖에 없다.

2순위는 구내식당이 있어야 한다는 점이다. 사실 나는 딱히 맛집을 찾아다닐 필요가 없다. 입맛이 없었던 적도 없다. 사실 돈 받고 파는 식당이면 기본적으로 어느 정도 맛이 보장되기도 한다. 어차피 웬만큼은 다 맛있으니 굳이 맛집에 갈 필요가 없다. 게다가 구내식당이 있으면 어차피 다 맛있는데 더 맛있는 식당이 어디일까 고민할 필요가 없는 점도 좋다. 시간과 돈까지 아낄 수 있다.

3순위는 산책로가 있어야 한다는 점이다. 일을 하다 보면 가슴이 답답하고 머리가 터질 것 같을 때가 있는데, 이럴 때 밖에 나가서 걷다 보면 들끓던 마음이 가라앉는다. 앉아서 쉬거나 동료들과 수다를 떠는 것도 좋지만 몸을 움직이는 것만큼 머리를 맑게 하는 일도 없다. 한때는 번화가에 있는 큰 건물 사이를 누비며 테이크아웃 커피를 들고 다니는 게 좋았던 적이 있었다. 지금 그런 곳에 있으면 숨이 막힐 것 같다. 가벼운 옷차림으로 산책할 수 있는 환경이 중요해졌다.

　　이 세 조건을 챙기니 나머지는 어느 정도 포기하게 된다. 그렇다고 이렇게 선택한 직장이 절대적으로 좋은 직장은 아니다. 하지만 지금 나에게는 적당하다. 그러면 됐지, 뭐. 다른 사람들에겐 부족하더라도 내가 괜찮다 싶고 쓸데없는 소모 없이 꾸준히 다닐 수 있으면 된 것이다. 따지고 보면 연애도 마찬가지 아닌가? 남들이 뭐라고 해도 결국 내가 좋으면 만날 수밖에 없다. 나이, 외모, 학력, 직업 같은 조건은 아무것도 아닐 때가 있다. 그때 중요한 것은 주변의 평판에 태연해질 필요가 있다는 것이다. 그리고 변해가는 자신을 인정하고 예전의 나를 부정하지 않는 일 역시 마찬가지다.

중요한 것을 하나 빼먹었다. 아무리 가깝고, 구내식당 맛있고, 멋진 산책로가 있어도 결국은 사람이다. 이건 미리 알아보고 선택할 수가 없으니 더 큰 문제다. 하지만 크게 두려울 것도 없다. 또라이 질량보존의 법칙은 어디에서나 마찬가지니까. 물론 나 역시 그 총량에 포함된다. 그런데 사람은 미리 알아볼 수가 없으니 그냥 주사위가 던져졌다 생각할 수밖에 없다. 미리 알아보지 않아도 되는 단 하나가 있는데 그것은 내가 얼마나 좋은 동료가 될 준비가 되어 있는가 하는 문제다. 내가 뭘 어떻게 할 수 없는 조건이라면 일단 나를 돌아보는 것 말고는 할 게 없다.

이력 ──────────── 걸어온 발자취

언제부터였는지 모르겠지만 NGO 단체에서 일하는 게 나의 꿈이었다. 이유는 정확히 모르겠다. 말 그대로 '꿈'이었다. 그런 일들이 멋있었고, 하고 싶었고, 해야겠다고 생각했다. 대학 4학년 때 학교 경력개발센터에서 취업 상담을 받았다. NGO에서 일하고 싶다고 밝혔더니 이력서를 보던 담당 선생님은 "학생, 집에 돈 좀 있어?"라고 질문했다. 이력履歷. 말 그대로 내가 걸어온 발자취를 보면서도 이런 질문을 한다는 데 놀랐다. 미혼모와 입양아, 장애인, 에이즈 환자, 여성 인권, 난민, 탈북 청소년 관련 활동까지……

대학 새내기 때 입양원에서 입양 대기 중인 아이들을 돌보는 것으로 자원봉사를 시작했다. 두 번째 자원봉사는 시에서 운영하는 장애인종합복지관이었다. 초·중학교 아이들에게 국어와 산수에 가까운 수학을 가르치는 일을 맡게 되었다. 6~8명의 아이들을 2개의 반으로 나눠 순차적으로 수업했는데, 이 아이들은 뇌 병변 진단을 받은 아이들로 2~3시간 씨름하면 온몸에 힘이 쭉 빠져 복지관 온돌방에 누워 자다가 집에 왔다. 이걸 거의 2년 동안 했는데 하루는 아빠가 무슨 봉사활동을 하는지 궁금해하셔서 설명했더니 아빠가 할 만한 일은 없냐 하셨다. 장애인 목욕 봉사엔 늘 인원이 부족했고 그때 아빠 차가 SUV 차량이어서 휠체어도 들어갈 수 있었기에 목욕 봉사를 추천했고 절대 나의 아빠라는 걸 밝히지 말라고 부탁했다. 그다음 주 복지관에 갔더니 담당 선생님으로부터 "아버님 봉사활동 시작하셨고, 우리 아빠인 사실을 말하지 말아달라 당부했다"는 소식을 전해 들었다.

세 번째 자원봉사는 캄보디아에서 했던 한 달간의 해외 봉사였고 여성 인권에 한창 관심이 많을 때라 여성 인권 프로젝트에도 참가했다. 여성 인권에 대해 공부하고 그걸 바탕으로 태국에 가서 실태를 조사하는 과정이었다. 태국의 소수민족과 난민을 만나고 성매매 피해 여성들을 비롯해 여러 여성 인권 단체를 방문해서 그들의 이야기를 들었다. 돌아와서도 인권 관련 캠페이너로 활동하기도 했다. 다음은 탈북 청소년들을 위한 대안학교 교사였다. 탈북해서 남한에 온 아이들이 사회에 잘 적응하고 학교 수업을 따라갈 수 있도록 방학 동안 합숙하며 공부를 하고 특별 활동도 함께하는 과정이었다.

그러다 졸업할 시기가 되었다. 일반 기업에서 일하는 것은 남의 나라 이야기 같았다. 나와 맞지도 않고 그쪽에서도 뽑아주지 않을 걸 예상했다. 그런데 이놈의 호기심, 호기심 때문에 취업 스터디를 하게 되었다. 무엇보다 당시 핫했던 그룹 스터디가 어찌나 궁금하던지, 유명한 온라인 커뮤니티에서 스터디 그룹을 찾아 지원했다. 무려 지원서 작성, 서류전형, 면접전형으로 이루어지는 스터디다. 이력서와 자기소개서를 보내면 기존 멤버들이 1차 심사를 했다. 그걸 통과하면 실제 면접 스터디 1회를 함께하고 계속 같이 할지 말지를 결정했다. 지금 생각해보면 어이가 없지만 그때는 그냥 그런가보다 해서 서류를 냈고 면접 스터디에 오라는 연락을 받았다.

아주 추운 겨울날 대학가에서 모였다. 이 스터디 그룹을 통해 한 대기업에 취직했다는 신입 사원이 와서 코칭을 해줬다. 시사 토론을 하고 자기소개를 하고 모의면접을 보는데 자원봉사 경험을 이야기하라고 해서 그동안 경험했던 것을 말했다. 미혼모와 입양아, 장애인, 에이즈 환자, 여성 인권, 난민, 탈북 청소년 등등을 말했더니 그렇게 말하면 회사에서 뭐라고 생각할 것 같으냐는 질문을 받았다. 앗, 이것은 난센스 퀴즈인가 잠깐 고민하고 있는데 "너 노조 활동하러 우리 회사 들어올 거냐"는 질문을 받을 거란다. 그러니 그런 대답은 다 빼야 한단다. 이력을 말하래서 말 그대로 내가 걸어온 길을 말했는데 그걸 다 빼면 나는 아무것도 남는 게 없는데 어쩌라는 건가 싶었다. 그리고 노조 활동은 기본이라고 생각하는데. 그렇게 서로가 너무 다름을 깨닫고 역시 아닌 걸 알면서 왜 여길 찾아왔을까 후회했다.

당시 만나던 남자친구는 내가 이렇게 탈탈 털릴 걸 알았는지 밖에서 기다리고 있었는데 스터디 끝나고 보자마자 눈물이 쏟아졌다. 한참 울다 멈췄는데 스터디 조장에게 문자가 왔다. 아무래도 나와는 함께하기 어렵다는 문자였고 그거 보고 또 한참을 울었다. 스터디 그룹에 뽑히지 않아서가 아니라 그런 멍텅구리 같은 상황에서 먼저 박차고 나오지 않은 사실이 분해서였다. 남자친구는 "괜찮아, 이런 너를 있는 그대로 인정해주는 사람들이 분명 있으니깐. 우리 오늘도 하나 배웠다. 그치?"라는 청년의 언어로 위로해주었던 기억이 선명하다.

　　견고한 선입견과 편견에서 벗어나기 위해 발버둥 치다 20대가 지나갔다. 세상엔 쉽게 바꿀 수 있는 것도, 바뀔 수 있는 것도 없다. 그나마 바꿀 수 있는 건 내 생각 하나뿐이었다. 덕분에 누굴 만나도 조건 따지지 않고 개별 인격체로 대할 수 있게 되었으니 큰 소득이라고 생각한다. 그러나 사람 위에 사람 없고 사람 밑에 사람 없다는 생각은 조직 생활에 또 다른 어려움으로 작용해 새로운 고민을 안겨주었다.

아프지 않고 일해도 ──────── 청춘이란다

　　직장에서 한창 스트레스를 받을 때, 이 문제를 외부 사람들과 함께 나눠야겠다고 생각했다. 피곤하지만 이런저런 모임을 찾아보았는데 그때 눈에 들어왔던 게 '아프지 않고 일해도 청춘이란다'라는 주제로 일과 삶을 이야기하는 30대 직장인들 모임이었다. 직장을 구성하는 건 결국 사람이어서 결국 어떤 사람들과 함께 일하느냐가 모두의 고민이다. 당시에는 함께 일하는 사람들 중 일부와 내적 갈등이 있어서 이 문제를 사례로 발표했다. 같은 모둠에 있던 인권단체 담당자가 인권 관련 칼럼 써보지 않겠느냐며 명함을 건네주었다. 관심 완전 많습니다만. 날카롭게 꼬집되, 누군가에게 치명적인 상처를 주는 글은 쓰고 싶지 않은데 이게 절충이 되려나 모르겠다. 그때 사례로 발표했던 내용은 그 대처 방식에 너무나도 실망했던 사무실 청소노동자 문제였다.

몇 년 전 김포공항 청소노동자 문제가 수면 위로 드러난 적이 있었다. 대다수 노동자의 인권 문제는 보편적으로 논의되지 않고 매번 불화하면서 발화된다는 것을 느낀다. 평소에는 아무도 관심 없다가 문제가 생기면, 아니 문제가 생겨야 그들은 목소리를 낼 수 있고 그걸 들어주는 사람들이 생긴다. "돈 많이 받으려면 공부 잘해서 대학을 나왔어야지"라고 말하는 김포공항 관리자의 말을 통해 청소노동자를 어떻게 바라보는지 알 수 있다. 천박함이 고스란히 드러난다. 이럴 때 용역업체의 뒤에 숨어있는 갑의 변명은 참으로 가관이다. 용역업체와 계약했기 때문에 자신들은 함부로 나설 수 없다며 여론을 지켜본다.

내가 일했던 한 직장은 용역업체에 사무실 청소를 맡겼다. 직원들 출근하기 전 이른 아침에 세 분이 함께 청소를 하고 가신다. 그렇게 주 5일 일하고 월 40만 원을 받는다. 40만 원은 3인의 급여다. 결코 많은 돈이라고 생각하지 않는다. 그러다 급여를 40에서 50만 원으로 10만 원 올려날라는 제안을 했고, 총무팀에서는 이를 거절하고 그렇게 계약은 끝났다. 그때부터 팀별로 번갈아가며 청소를 했다. 총무팀에서는 40만 원 절약된 예산으로 사무용품이나 더 사자고 한다. 이미 사무용품은 차고 넘친단 말이다. (웃기지도 않는 농담이지만 어쨌든)

이건 농담이라고 해도, 내가 열받고 실망한 부분은 공동체 지향적인 비영리조직에서 청소노동자의 입장은 전혀 생각하지 않는다는 부분이다. 여기가 시민들의 기부금으로 운영되는 시민단체라면 예산 문제가 있으니 이해가 되겠지만, 세금으로 운영되는 곳이었기에 충분한 운영비가 있음에도 불구하고 고작 10만 원 때문에 3명의 노동자가 일터를 잃게 했다는 점이 나는 너무 속상했다.

그렇게 두어 달을 번갈아가며 청소했고 한 자활센터와 새롭게 계약을 하게 됐다. 자활센터는 나라에서 인건비가 지원되기에 이렇게 버는 돈은 차곡차곡 쌓여 자활 사업비로 쓰이게 된다. 이걸 알고 총무팀에서는 어차피 나라에서 받는 돈이 있으니 월급을 30만 원으로 깎으면 안 되냐고 하는데 뭐라 말할 수 없는 답답함이다.

사무실에서 뭔가 잘 따지고 알뜰한 이미지로 박혀 있던 때라서 총무팀장님은 뿌듯한 표정으로 나에게 이런 이야길 하셨다. 9시 전에 청소가 끝나고 나서도 점심시간 때까지 대기했다가 행사가 있으면 그 뒷정리를 부탁하겠다는 거다. 내가 잘 따지는 것은 맞지만 결코 이런 방향이 아닌데… 그래서 휴게 공간은 마련해두셨냐고 여쭸더니 우리 건물 청소 아주머니가 지내는 공간을 함께 쓰라고 말해두었다는 거다. 그 공간이 쾌적하고 넓은 공간이 아닌데, 참.

나는 같이 일하는 분들이 나와 비슷한 인권 감수성을 갖고 있기를 기대했다. 설명하고 설득하지 않아도 되는 관계이기를 원했지만 쉬운 게 아니었다. 차근차근 대화를 하면 말이 안 통할 분들은 아닐 텐데 나의 인품이 고매하지 못하여 적당한 대화법을 고민하기도 피곤한 것이 문제다. 생각이 다른 누군가를 설득하는 것이 점점 번거롭고 피곤하다. 시민단체 활동가로서 나는 기본이 안 되었다 느꼈던 지점도 이 지점인데 여전히 비슷한 부분에서 한계를 느낀다. 조금 더 지켜보며 지혜로운 대안을 찾을 수 있기를 고민하고 있다.

공상적 사랑과 ──────── 실천적 사랑

    한 번뿐인 인생, 가슴 뛰고 의미 있는 일을 하는 게
마땅하고, 그게 나에게 주어진 사명이라 생각했다. 좌우명
이 '정의사회 구현'이었던 내가 NGO 영역에 끌리게 된 건
자연스럽고 당연한 일이었다. 일하는 기관은 바뀌어도 나
의 업무는 주로 사람과 돈을 모으는 업무였다. 최소한의
예산으로 최대의 결과를 만들어야 했다. 매일 새로운 아이
디어가 나와야 하는데 머리가 터질 것 같았지만 재미있었
고 여기에 가치 있는 일을 한다는 뿌듯함까지 더해졌다.
덕업일치의 행복을 느끼며 하루하루가 기쁨으로 충만했
다. 나의 진정성에 대해서는 단 한 번도 의심하지 않았다.

우리가 추구하는 가치와 일에 대한 자부심은 넘쳤고 외부의 사소한 트집에도 하나하나 반박했다.

　유독 숫자를 신경 쓸 수밖에 없는 업무가 많았다. 참여자는 몇 명이나 늘었는지, 후원금은 얼마나 모였는지, 혜택을 받는 대상은 얼마나 되는지 진행 상황을 수치화하고 점점 그 숫자에 집착하게 되었다. 물론 그렇게 하라고 시킨 사람은 한 명도 없었지만 그게 조직이 발전하는 길이고 더 나아가 인류를 위한 길이라고 생각했다. 자아가 굉장히 비대하던 때였는데 당시에는 몰랐다. 이 모든 게 자발적이었다는 데 더 큰 자부심을 느꼈다. 누가 시킨 것도 아니고 인센티브가 있는 것도 아닌데 이렇게 열심히 하다니, 이런 나는 어찌나 훌륭한지. 사실 NGO에서 일할 때 일종의 '뽕 맞은 것 같이 취한 마음가짐'은 동기부여를 위해 어느 정도 필요하다고 할 수 있다. 그렇지 않고서는 많은 업무량, 적은 급여, 열악한 근무 환경 등을 견디기 어렵기 때문이다. 젊은 층에서는 더 그렇다.

　내가 일한 단체는 공정무역 사업도 했는데 그러다 보니 자연스럽게 불매운동을 하게 되었다. 점점 가지 말아야 할 곳, 사지 말아야 하는 브랜드가 많아졌다. 분노는 단절로, 또 다른 분노는 다시 단절로 이어졌다. 하는 일은 넓은 세상을 향하는데 왜 내 세계는 점점 좁아지는지. 점점 다 귀찮기만 하고 주변에 무관심해졌다. 내 일이나 가치관을 이해하지 못하는 사람과는 한마디도 나누고 싶지 않았다. 교집합이 크다 못해 거의 겹치는, 같은 영역에 있는 사람들과만 함께 있고 싶고 우정도 사랑도 이 범위에 있는 사람들과만 하고 싶었다. 이렇게 마음 맞는 사람이 많으니 이걸로 충분하다고 생각했다.

모르는 사람들과 얘기하고 싶지도 않고 나와 우리를 이해시키기도, 그들을 이해하는 것도 피곤하기만 했다. 한 선배는 내가 가장 많이 하는 말이 어떤 말인지 아냐며 "선배, 저는 정말 이해가 안 돼요."라는 말이라고 했다. 그때는 정말 몰랐는데, 고립된 시선으로 내가 믿던 절대적 정의라는 게 과연 무엇이었을지 문득 의문이 생긴다. 내가 바라던 정의 사회 구현은 '연대'와는 거리가 먼 '단절'에 가깝지 않았을까?

점점 이해할 수 없는 것들만 늘어갔다. 그럴수록 행복을 느끼는 빈도가 줄어들었다. 바쁘고 피곤하니깐 어쩔 수 없다고 생각하고 말았는데 이제 보니 큰 병을 앓고 있었던 게 아니면 무엇이었을까? 에너지가 소진되고 사람에 질려버려 하루도 못 버틸 지경이 된 채 사랑해서 떠난다니. 나를 놓치고 내 주변을 놓치고 단단한 벽을 쌓으면서 추구했던 게 무엇이었는지 모르겠다. 그러면서 인정받고 보람을 느낀다는 게 어떤 의미일까? 사회를 조금 더 나은 쪽으로 바꾸겠다며 일하는데, 조직은 진화하지만 거기에 속한 개인이 불행해진다면 그게 다 무슨 소용일까? NGO에서 일하는 동료들의 가장 큰 고민이기도 하다. 어디 NGO뿐이겠는가.

　비영리조직에서 일하면서 의미 있다고 굳게 믿던 내 일에 환멸을 느낄 때가 있었다. 웃긴 것은 나는 환멸을 느끼더라도 같이 일하는 동료들이나 참여하는 시민은 그런 감정을 느끼지 않았으면 좋겠다는 마음으로 나도 모르게 포장하게 되는 것이다. 비참하면서도 한편으로는 왜 다행이란 생각이 들었는지 모르겠다.

　도스토옙스키의 글을 읽고 있으면 문장 하나하나가 애써 포장하던 나를 들여다보는 것처럼 느껴진다. 모순으로 가득 찬 내면이 그대로 드러나 사뭇 부끄러우며 퍽 괴롭다.

　나는 인류를 사랑한다. 하지만 나 자신에 대해 놀라게 된다. 왜냐하면 내가 인류를 사랑하면 할수록 개별적 인간, 다시 말해서 한 사람 한 사람에 대한 사랑은 줄어들기 때문이다. 공상을 할 때는 흔히 인류에 대한 지극한 봉사정신에 빠져들기도 하고, 만일 갑자기 그럴 필요가 생긴다면 사람들을 위해 실제로 십자가를 걸머지겠다고 생각하지만, 나는 단 이틀도 어떤 사람하고든 같은 방에서 함께 지낼 수 없으며, 이것은 내가 경험을 통해 알고 있는 바이다. (…) 그래서 개별적 인간을 증오하면 할수록 인류에 대한 나의 보편적 사랑은 한층 타오르게 된다.

　　　—《까라마조프 씨네 형제들》(이대우 옮김, 열린책들, 2009) 중에서

퇴근 좋아하는 —————————— 신입 직원

　　입사는 신입 사원 자격으로 동기들과 함께 우르르
하는 편이 가장 부담 없다. 경력직으로 새 직장에 들어가
면 모두의 관심을 한 몸에 받는다. 경력직 채용은 인원이
많지 않기에 어쩔 수 없는 문제다. 매일매일 질문이 쏟아
진다. 질문은 전에 했던 일부터 시작해서 결혼은 했는지,
아니라니 애인은 있는지, 부모님과 함께 사는지, 혼자 산
다니 전세인지 월세인지, 쉬는 동안 여행을 갔다 왔다니
가서 뭐했는지, 여행 비용은 얼마나 들었는지, 퇴근하면
뭘 하는지 등등 지극히 개인적인 내용이 대부분이다. 친한
사이라면 당연히 아무렇지 않겠지만 우린 아직 친하지도

않은데, 소개팅 첫 만남도 아니고 뭐 이렇게 궁금한 게 많은지 모르겠다. 혼자 놀다 사회성이 살짝 떨어진 상태지만 그래도 앞으로 친해진다는 전제하에 나름 성실히 대답은 한다. 계속해서 소감을 묻길래 아직 출근한 지 얼마 안 돼서 특별한 소감은 없으니 소감이 생길 때까지 기다려달라고 말했다.

환영 회식 때는 뭘 좋아하냐고 물어서 나는 오직 '퇴근'만을 좋아한다고 했다. 퇴근을 할 때면 기분이 최고조에 이른다. 너무 신나서 날개 달린 신발을 신은 것처럼 반은 뛰는 듯 반은 나는 듯 사무실을 빠져나온다. 하루는 먼저 들어간다고 인사하고 뛰어나오는데 같이 일하는 동료에게 메시지를 받았다. 주말 잘 보내라고 인사하려고 했는데 너무 쏜살같이 뛰쳐나가서 인사를 못 했다며 뛰어가는 뒤통수조차도 웃고 있었다고 한다. 일이 재미있고 사람들도 좋고 근무 환경이 아무리 좋아도 그 무엇도 백수를 뛰어넘을 수 없다. 식구들한테 말했더니 엄마가 어디 가서 그런 말 하지 말래서 어디 가서 말 안 하고 집에서 조용히 일기를 쓴다.

한번은 회사에서 워크숍을 하는데 조별로 자유롭게 앉으라길래 별생각 없이 직급이 높은 분 옆에 앉았다. 그랬더니 깜짝 놀라면서 불편하지 않겠냐며 본인이 자리를 옮겨야 하나 하시는 거다. 전혀 불편하지 않은데 왜 그러시느냐 여쭸더니 "나영 씨는 권력지향적인 사람이 아니잖아."라는 답변을 들었다. 계속 곱씹게 된다. 사회생활과 권력이란 내게 어떤 의미일까. 생각해보니 나는 직급이 높은 분들을 나보다 인생을 더 살고 사회 경험을 많이 해서 나름의 혜안을 갖고 있는 상위 결정권자 정도로 생각했지 그 자체로 '권력'이라고 생각한 적이 한 번도 없었다. 그래서 딱히 잘 보여야 한다고 생각하거나 주눅 들어 할 말을 못 했던 경험도 없다. 혹 피하는 경우가 있었지만 그건 어려움 때문이 아니라 그저 아재개그와 무용담을 늘어놓는 것에 흥미를 느끼지 못해서 그랬을 뿐이었다. 나의 이 태도가 잘못 세팅된 것인지 갑자기 혼란스러워졌다.

상사에게 이런 이야기를 들으면서 직장에서 표현의 자유는 과연 어디까지 허용될까에 관해 깊이 생각했다. 그 직장은 직급에 따라 연봉이 달라지는데 같은 직급이어도 평가에 따라 최대 1천만 원까지 급여가 달라질 수 있는 구조였다. 합리적인 방법이라 생각하지 않는다. 합리적인 평가 방식이 있지도 않았다. 영업 업무처럼 숫자로 바로바로 나타나는 일을 하는 것도 아니고, 업무 성과라는 것이 객관식 시험처럼 100점 만점에 80점, 이렇게 정확히 나올 수는 없으니 인간관계에 의해, 평판에 의해 평가되는 부분이 있을 수밖에 없다. 평가는 상사들이 하는데 그럼 나의 직급과 연봉을 위해 그들의 비위를 맞춰야 하나? 난 그렇게는 할 수 없는데.

폭력이라 함은 때리고 맞는 정도로만 생각했었는데 사회생활을 하면서 점점 다양한 형태의 폭력이 존재함을 느낀다. 유머, 문화, 애정 표현 등도 폭력적으로 느껴질 수 있다는 게 놀라울 따름이다. 행하는 자는 그럴 의도가 전혀 없었지만 어쨌든 상대는 폭력이라 느끼는 경우도 왕왕 있다. 인식조차 못 한 채 나도 누군가에게 상처를 주고 있는지 그건 또 모르는 거다.

얼마 전에는 옛 동료가 나와 비슷한 유머 코드를 갖고 있는 작가의 책을 읽었다며 "근데 나영 유머가 더 섬세하고 따뜻하고 비폭력적이지"라는 메시지를 보내왔다. 최근 들은 따뜻한 말 중에서 가장 으뜸이라 일기장에 펜으로 꾹꾹 적어두었다. 사실이라면 계속 유지하고 싶고 부족하지만 좋게 봐준 거라면 노력해서 그렇게 되고 싶었다. 나는 누군가의 일기장에 남기고 싶을 만큼 따뜻한 말을 한 적이 있나 싶어 또 뜨끔했다.

요즘엔 술이 왜 이렇게 입에 착착 붙나 모르겠다. 아, 인생이 쓰면 소주가 달다던데. 인생도 달고 소주도 달고 사랑도 달고, 모두 달달하면 얼마나 좋을까.

조직 개편과 ——————————— 세신

    초등학교 입학 이후로 대중목욕탕에 간 기억이 없다. 따뜻하고 깨끗한 집에서 씻는 게 낫다는 어머니의 목욕 철학 때문이었다. 집 근처에 목욕탕이 두 군데나 있어서 가 봐야지 가 봐야지 하다 드디어 다녀왔다. 큰 결심하고 온 만큼 세신을 받으려니 5만 5천 원의 '전신 마사지'와 3만 5천 원의 '미니 마사지' 중 선택을 해야 했다. 가격을 보니 미니 마사지도 나쁘지 않을 것 같아서 세신 아주머니께 미니 마사지는 얼마나 미니냐고 여쭸더니 "미니는 아주 쬐~금, 그냥 살~짝 만져주는 정도여" 하는데 너무나 하찮은 서비스를 받을 것 같은 느낌이 팍팍 드는 것이다. 영업왕 세신사 아주머니 덕분에 전신 마사지를 받기로 결정했다. 일단 씻고 탕에 들어가 있으면 데리러 오신단 다. 옷이나 머리 모양으로 기억할 수도 없고 이 넓고 수증 기가 가득해 잘 보이지도 않는 목욕탕에서, 그리고 이 많 은 사람 중에 어떻게 나를 찾을까 의문이었다. 그러나 그 것은 목욕탕 초보인 나의 우려였을 뿐, 첫눈 오는 날 만나 자는 약속을 하고 조우하는 옛 연인처럼 아주 자연스럽게 우리는 만날 수 있었다.

평소에 잘 씻으니 별거 없겠지 싶었던 생각은 경기 도 오산이었다. 인체의 신비 앞에서 겸허해질 필요가 있 다. 이렇게 생각지도 못한 각도로도 씻김을 당할 수 있구 나 생각하며 시키는 대로 이리저리 몸을 움직였다. 옆! 앞! 뒤! 하는 소리에 맞춰 몸을 싹 돌려야 하는데 비누칠된 상 태로 침대에서 몸을 돌리니 마구 미끄러웠다. 그때마다 아 주머니는 한 손으로는 몸을 돌리고 다른 한 손으로는 침 대에서 떨어지지 않게 받쳐주는 스탠스를 유지하며 작업 에 임했다. 한 손엔 뒤집개, 다른 손엔 숟가락 들고 쓱쓱 뒤집어가며 명절에 전 부치던 때가 떠올랐다. 전신 마사지 의 위엄답게 얼굴과 두피도 서비스에 포함되었는데 얼굴 도 이태리타월로 박박 밀었다. 보통 얼굴엔 부드러운 필링

셀을 쓰지 않나? 두피 마사지를 하는데 돌(돌 같은 기구가 아니고 진짜 'stone')로 두피를 마구 문질렀다. 악! 머리가 다 벗겨질 것 같았다.

얼굴에 오이팩을 올리는데 깜짝 놀라게 차갑고 신선한 오이향이 느껴졌다. 주변에 냉장고도 없고 뭘 가지러 자리를 비운 적도 없는데 이렇게 차가운 팩의 출처는 어디인지, 세신 초보인 나로서는 알 길이 없는 거다. 팩을 올린 뒤 양파망 같은 망태기로 얼굴을 묶는 시추에이션. 으악, 이건 또 뭐지. 보통 팩을 올린 뒤에는 얇은 가제 수건을 올리는데 굳이 얼굴을 꽁꽁 묶을 필요가 있나 싶었다. 그러나 팩을 올린 상태로 몸을 돌려 등 마사지도 하며 시간을 단축시키려는 목적이었다. 범죄자가 쓸 법한 망태기 덕분에 오이팩이 떨어지지 않은 채 등 마사지도 받을 수 있었다. 와! 과학적이다, 정말 과학적이야! 등 마사지를 할 때는 아주머니가 안전장치 하나 없는 침대 위에 올라가 내 등을 사뿐히 즈려밟으시는데 와, 이 정도면 최소 공길이 아닌가?

몸이 코팅된 것마냥 반들반들하고 반짝반짝해져서 들어갈 때의 쭈구리 모드와 달리 런웨이 걷듯이 위풍당당하게 탕에서 빠져나왔다.

군이 목욕탕에 다녀온 이유는 회사 조직 개편의 답답함 때문이다. 답답하고 안타까운데 그냥 마음을 다스리는 것으론 부족해 물리적인 변화가 필요했다. 적지 않은 조직 개편을 경험하며 구성원 모두를 만족시키는 결정은 불가능하다는 것을 이미 알고 있다. 상처받고 싶은 사람 어디 있겠으며 상처 주고 싶은 사람은 또 어디 있으랴. 결정하는 집단도 그걸 받아들이는 구성원도 마음이 편치 않은 것은 어쩔 수 없다. 결정권자의 선택도 어느 정도 이해는 되지만 그럼에도 불구하고 내가 속한 조직이 더 탁월하고 합리적이며 세련되길 바라는 것도 당연하다.

힘든 주말을 보낼 동료가 많다. 과정은 지난하고 힘들지만 끝나고 나면 개운한 오늘 나의 목욕처럼, 결국엔 이것이 더 나은 결정이었음을 느끼는 날이 오길. 부디 주말을 잘 보내 모두가 지금보다 훨씬 개운한 월요일을 맞이했으면 좋겠다.

먼 ——————————— 북소리

　　모든 게 다 마음에 드는 직장이란 존재하지 않는가
보다. 업무가 적성에 맞고 또 업무를 할 때 느끼는 보람도
크면 조직 문화가 너무 안 맞는다. 전 직장에서는 어느 날
부터 사무실에만 있으면 귀에서 둥둥 북소리가 들려왔다.
피곤해서 그런가 싶어 잠도 푹 자보고 운동도 하고 비타
민도 챙겨 먹었지만 차도가 없어 병원에 찾아갔다. 아픈
일이 거의 없어 몸이 조금 이상하면 이 낯섦을 참지 못하
고 병원에 가는데 이것도 한 3~4년 만에 한 번 있을까 말
까 한 일이다. 의사는 보통 '삐-' 소리는 많이 나는데 북
소리는 드문 경우란다. 레어템이라니 일단 만족한다. 이것

저것 검사했는데 몸에는 아무 문제가 없고 지금 딱히 증상이 보이지도 않는다고 했다. 아, 당연하죠. 사무실에서만 그런다니까요? 퇴근 후나 주말에 병원 가면 너무나도 정상이라 증상을 실시간으로 보시려면 우리 사무실로 왕진을 오셔야만 하는 것이다.

아무튼 환자가 몸에 이상이 있다니 의사는 일단 먹어보라며 약을 처방해줬다. 혈관을 확장시키는 약인데 먹으면 이명 현상이 조금 줄어들 수 있단다. 뭔가 무섭다. 혈관을 확장시키면서까지 회사를 다녀야 하나? 똑똑한 의느님은 이미 알고 있다. 그리고 나도 알고 있다. 회사를 관두면 된다는 것을. 퇴사가 만병통치약이라는 것을, 퇴사 테라피가 존재한다는 것을 모를 리가 없다. 그러나 내릴 수 없는 처방이라 애꿎은 혈관이나 확장시키고 있다.

몸이 천근만근이라 전신 마사지를 받으러 갔다. 마사지는 보통 10~15만 원 정도 한다. 한 달이면 엄청 큰 지출인데 안 갈 수가 없었다. 마사지숍 원장님이 몸을 여기저기 만져본 뒤 근육이 많이 굳어 있다고 진단하신다. 이게 다 회사 다녀서 그렇다고, 이렇게 스트레스 받으면서 회사 다니고 마사지 받는 게 맞느냐고 물었다. 원장님은 나만 그런 게 아니라 다들 그러니 웬만하면 그냥 참고 회사 다니면서 마사지 받으라고 하셨다. 이런 질문은 대체 왜 하니, 그럼 뭐 원장님이 회사 관두고 마사지도 받지 말라고 하실까 봐?

북소리 기념으로 무라카미 하루키의 《먼 북소리》를 읽기로 결심했다. 딱히 끌리지 않았는데 이렇게 만나는구나. 역시 인연은 타이밍이다.

(이후 퇴사를 했고 1년을 또 백수로 놀았다. 이명 현상은 놀랍게도 퇴사하자마자 바로 사라졌고 그래서 《먼 북소리》를 읽는 데는 실패했다.)

그렇게 퇴사 테라피를 받으며 숨만 쉬어도 재미있는 백수로 살다가 자기소개서와 업무수행계획서를 준비하게 되었다. 셀프 안식년을 보내기로 나 자신과 약속해서 당장 취업할 생각은 없었는데 무지 재미있어 보이는 채용 공고가 눈에 들어온 것이다. 배부른 소리 맞는데 워낙 드문 기회이고 백수는 또 될 수 있으니 시도라도 해보자 해서 서류를 준비했다. 너무 오랜만에 이런 걸 해보는데다 붙어도 문제라 그냥 마음대로 하고 싶은 얘기를 썼다. 이력서는 자유 형식이래서 정말 자유의 끝이 무엇인지 보여줬다. 희망 연봉 구체적으로 적으래서 출퇴근 거리가 멀면 빨리 죽는다니 회사 근처에서 살 수 있을 정도＋일하면서 만나는 사람들한테 밥 쏠 수 있는 정도의 급여를 원한다고 구체적으로 썼다. 이거 읽은 사람들이 그냥 계속 놀아라 했을 것 같다. 업무수행계획서를 쓰는데 해보지도 않은 일을 어떻게 수행한다고 하면 좋을지 상상해봤지만 딱히 아이디어가 떠오르지 않았다.

　컴퓨터 책상에 앉아서 몇 날 며칠을 끙끙거렸는데 그러다 왼쪽 어깨에 심각한 통증이 느껴졌다. 너무 아파서 다시 마사지를 받으러 갔다. 원장님은 내 상태를 보더니 손님 중 웹디자이너가 있는데 그분 상태와 비슷하다며 웹디자인 하냐고 물었다. 아뇨, 내 인생 디자인한다고 이렇게 됐고요. 같은 컴퓨터 앞이지만 덕질하며 보낸 숱한 시간 동안엔 고통이라곤 전혀 없었는데. 합격하고 출근해서 일을 한 것도 아니고 그저 시도만 했을 뿐인데도 몸이 너무 강하게 거부하는 거다. 이럴 때는 별수 없다. 더 놀아야지.

3

백수의　　　　　　　　품격

1퍼센트와 한심함과 99퍼센트의
존경심을 유발하다

하기 싫은 것을 ———— 하지 않는 행복

　　백수의 하루는 알람 없이 시작된다. 알람 없이 눈을
뜰 수 있다니. 아무것도 하지 않았지만 일단 여기서부터
기분이 좋다. 내가 이렇게 능동적인 인간이었나 하는 감탄
과 함께 눈을 뜬다. 그리고는 잠자리를 정돈하고 씻고 라
디오나 CD 소리를 배경음으로 커피를 마시며 오늘을 환
대하는 것으로 하루를 시작한다.

　　흔히 백수가 되면 하고 싶은 걸 다 할 수 있으니 좋
겠다고 하지만, 하기 싫은 걸 하지 않음으로써 오는 행복
이 100배는 더 크다. 그러니깐 로봇마냥 눈 떠서 출근하
고, 답은 정해져 있고 나는 대답만 하면 되는 회의를 한다

거나, 간혹 일이 없어도 책상에 누가 누가 오래 앉아 있나 시합하기 등등이 이 하기 싫음 폴더에 있는 것들이다.

정오가 되면 그 많은 도서관 중 오늘 끌리는 주제에 맞는, 테마가 있는 도서관을 찾아간다. 옛날 영화나 독립 영화를 상영하는 도서관에 가기도 하고, 작품 전시가 있는 도서관에 가기도 한다. 문학이나 역사 특강을 듣기도 하고 시집을 읽는 모임에 나가거나 기타를 치기도 한다. 어딜 가도 혼자 있는 경우는 드물다. 나도 백수지만 백수가 이렇게 많다는 게 놀랍고, 또 그들의 부지런함에 두 번 놀란다.

책은 열심히 읽지만 그렇다고 무작정 많이 읽진 않는다. 예전에는 빨리 읽어서 얼른 결말을 알고 싶었고 읽은 책이 쌓여가는 모습이 그저 좋았다. 그런데 백수의 하루를 보낼 때는 한 권을 읽더라도 훨씬 시간이 오래 걸린다. 내가 궁금했던 것은 책의 줄거리가 아니라 등장인물의 마음을 읽어내는 일이었으니까.

순간의 감정을 어떻게 표현하는지, 단어의 쓰임은 어떻고 문장의 무게는 어떠한지 등을 살피면 속도는 느려도 울림은 크다. 감각이 살아나면 눈앞의 것들이 또렷이 보인다. 지나가는 바람의 좋은 냄새도 맡을 수 있다. 길가에 핀 꽃이나 풀 향을 맡으려고 오래 서 있기도 하고 공원에 앉아 흘러가는 구름을 하염없이 보기도 한다.

오후에는 철학 강의를 듣는다. 푸코 강의도 있고 마르크스 강의도 있다. 나 같은 쾌락주의자 입장에서 진지함은 재미없을 확률이 높은데 극과 극은 정말 통하나 보다. 무엇 하나 쉽지 않으며 머릿속을 온통 헤집을 뿐이지만 이 진지함이 땅을 파고들수록 재미를 느낀다. 선생님은 배운다는 것은 렌즈를 하나 추가하는 작업이라고 말씀하신다. 그동안 나는 내가 가지고 있는 하나의 렌즈로만 세상을 보았는데 푸코를 배우면 푸코가 세상을 바라보는 관점이 내게 추가되고, 마르크스를 배우면 마르크스의 관점이 추가된다.

렌즈가 많아질수록 세상은 다채롭게 드러날 수밖에 없다. 그러니 혼자 지내도 심심할 틈이 없다. 약속도 잘 잡지 않는다. 매일매일 먼저 잡은 약속이 있기 때문인데 그 약속은 나 자신과의 약속이다. 몇몇 친구에게 "오늘은 나와의 약속이 있어서 만나기 어려워"라고 말했는데 어떻게 보면 상당히 또라이로 보일 수 있는 표현임을 인정하지만 다들 잘 이해해줘서 고마웠다.

끼니 준비를 위해 동네 생협에 들려 식재료를 산다. 장 보는 건 늘 정해져 있는데 양배추, 양파, 달걀, 우유, 콩, 현미 등이다. 배달시켜도 되지만 백수에게 배달은 양심이 없는 것 같아 매장을 찾는다. 계란 공급이 나시 불안정해졌다. 생협 근처에 공정무역 카페가 있다. 북카페인데 책이 어마어마하게 많다. 내가 갖고 있는 책도 많고 읽고 싶었던 책도 많다. 사장님이 헤르만 헤세 좋아하시는지 헤세 책과 철학책이 많다. 그냥 채워 넣은 책장이 아닌 것 같다. 차를 마시며 도서관에서 빌린 《우아하게 가난해지는 방법》이라는 책을 읽고 있다. 과연 가능할지, 제가 한번 해보겠습니다. 내일은 시를 좋아하는 동네 사람들과 함께 시를 읽기로 했다. 파블로 네루다의 시집이다. 평일 아침 시집이라니, 선진국에 사는 기분이다.

저녁엔 더 건강한 백수 라이프를 위해 열심히 운동을 한다. 전에는 회사 때문에 분노가 많아 이렇게 매일 분노의 파워워킹을 하는구나 하고 생각했다. 그건 오해였다. 나는 그냥 격한 운동이 좋았던 거다. 땀이 뚝뚝 떨어져야 운동을 했구나 싶다. 운동 후 씻고 에센셜 오일로 아로마테라피를 하면서 책 읽다 잠드는데 아침에 일어나 거울을 보면 깜짝 놀란다. 혈색이 점점 좋아진다.

특별한 일은 없지만 이렇게 매일을 환대하며 지내고 있다. 하고 싶지 않은 것을 하지 않을 자유를 최대한 누리면서 말이다.

도서관에서 ——————— 세계 여행

꿀은 그 단맛 안에 지겨움이 있고

달아서 입맛을 버려놓는다

그러므로 사랑의 절제를 잃지 마라

오래가는 사랑은 그러한 것이니

너무 빠른 것과 너무 느린 것은 매한가지일세

— 윌리엄 셰익스피어, 〈로미오와 줄리엣〉 중에서

폭풍 같은 사랑에 빠져 당장 결혼하겠다며 달려온
로미오에게 로렌스 신부가 한 말이다. 셰익스피어 글 중에
서 제일 좋아하는 문구이다. 셰익스피어의 통찰력과 아름

다운 문체를 좇다 보면 소네트를 읽지 않을 수 없는데 소네트 정말 너무 어렵다. 왜 이렇게 어렵지.

다른 사람들에게는 잘 읽히나 싶어 이것저것 찾다 톨스토이가 지은 《톨스토이가 싫어한 셰익스피어》(백정국 옮김, 동인, 2013)라는 책이 눈에 들어왔다. 천재 작가의 디스! 제목만 봐도 짜릿하다. 이 둘은 동시대 작가가 아니니 셰익스피어 입장에서는 억울할 수 있다. 같은 시기에 글을 쓰며 서로를 디스한 작가 중 헤밍웨이가 최고다. 윌리엄 포크너는 어니스트 헤밍웨이를 향해 "그는 독자들이 사전을 뒤지도록 만드는 단어를 단 한 번도 쓴 적이 없다."라며 무시했다. 이에 헤밍웨이는 "불쌍한 포크너, 그는 정말로 거대한 감정적 울림이 어려운 단어로부터만 나온다고 생각하나요?"라고 답했다. 디스를 하려면 헤밍웨이처럼.

다시 책으로 돌아가 톨스토이의 견해를 보면 이러하다. 셰익스피어의 글을 읽고 난 후 느낀 것은 기쁨은 고사하고 떨쳐버릴 수 없는 혐오감과 따분함이라고 한다. 문명 세계 모두가 완벽의 극치라고 경탄해 마지않는 작품들이 하찮고 몹시 서툴다고 느끼는 자신이 몰상식한 것인지(그럴 리가 없잖아요), 아니면 문명 세계가 셰익스피어의 작품에 귀착시키고 있는 중요성 자체가 몰상식한 것인지 의심하는 것부터 시작된다. 전 세계가 천재의 예술품이라고 인정한 셰익스피어의 작품이 즐겁기는커녕 오히려 불쾌했다는 것이다. 셰익스피어 글에선 모든 것이 과장되어 있으며 모두 빌려온 이야기들이고 조각을 인위적으로 끼워 맞춘 모자이크와 같을 뿐이란다. 작품에 나오는 인물들은 해결이 불가능한 비극적 상황에 처해 있고 자신들에게 정해진 성격과 어울리지 않게 매우 자의적으로 행동하여 개인의 언어가 부재하다는 것이다. 셰익스피어가 명성을 얻게 된 궁극적 원인은 당시 상류층의 불경스럽고 비도덕적인 정신구조와 맞아떨어졌기 때문이라는 주장이다.

책의 부록으로 첨부된 〈노동자 계급에 대한 셰익스피어의 태도〉엔 특히 관심이 간다. 셰익스피어의 통찰력이 아무리 날카로웠다 하더라도 그에게는 인류가 하나라는 개념이 없었다. 그에게 군주의 피와 소작농의 피가 엄연히 달랐다는 점은 깊이 생각해볼 만하다. 톨스토이는 무엇보다 고전이란 우리가 태어나기 전 다수에 의해 규정된 것으로, 그러한 선입견을 배제하고 독립적이고 주체적으로 읽지 않는 한 존재하지 않는다고 한다. 그러면서 굉장히 공감되는 말을 한다. "셰익스피어 책에서 당신들이 좋아하는 부분, 아니 아무 데나 펼쳐보시오. 그러면 술술 이해가 되고, 인위적이지 않고, 말하는 인물의 특성에 자연스럽게 어울리고, 동시에 예술적인 감동을 일으키는 대사가 열 줄 내리 이어지는 곳이 어디에도 없다는 걸 알게 될 것이오."

톨스토이는 셰익스피어의 수많은 작품 중 〈리어 왕〉을 중심으로 그의 글을 비판한다. 읽은 지 너무 오래된 〈리어 왕〉을 찾아 급히 읽는다. 역시 아첨이라곤 전혀 하지 않는 셋째 딸 코델리아가 가장 마음에 든다. 전에는 별생각 없었는데 다시 제대로 읽으니 무척 자극적이군, 자극적이야 하며 셰익스피어의 작품을 다룬 다른 비평을 찾는다. 그러다 《셰익스피어는 셰익스피어가 아니다》와 《셰익스피어는 없다》라는 책을 읽게 되었다. 셰익스피어가 실존 인물이 아니라는 것이다. 이게 구글이 선정한 세계 10대 음모론이라는데 왜 여태 몰랐지?

많은 이가 셰익스피어의 존재에 의문을 갖는 점은 한두 가지가 아니었다. 우선 작품 속 인물과 셰익스피어의 생애가 너무 다르다는 것이 그 이유다. 당시 성경은 약 1만 단어로 쓰였는데 셰익스피어 작품에 사용된 단어는 2만 개가 넘는다. 가족 모두 문맹이고 기초 교육만 받은 셰익스피어가 엄청난 고급 영어를 사용하며 왕궁의 모습, 왕족의 생활, 법률과 역사 지식 등등을 이렇게 구체적으로 묘사하기는 거의 불가능하다는 것이다. 그리고 셰익스피어의 친필 작품이 한 권도 남아 있지 않다는 점, 그의 생애는 전혀 확인된 바 없으며 죽음과 장례식에 대한 기록도 없다는 점 등이 미스터리다.

그러면서 진짜 셰익스피어는 누구일까 추측하는데 후보가 30명이 넘는다. 그중 유력한 후보로는 프랜시스 베이컨, 크리스토퍼 말로, 옥스퍼드 백작, 심지어 엘리자베스 1세 여왕까지 있다. 당시 연극은 저급한 문화였기에 이런 귀족들이 셰익스피어 이름을 빌려 극작가 활동을 했다는 것이다. 그러면 또 베이컨, 엘리자베스 여왕이 궁금해져 그들의 책을 찾아서 읽는다. 뭐? 베이컨이 엘리자베스 1세 여왕 사생아라고? 그래서 햄릿이나 리어 왕 같은 사생아가 등장하는 작품이 많았던가? 파도 파도 끝이 없다. 타임머신 타고 16세기 영국에 와 있는 기분이다. 도대체 진실은 뭐지? 이 음모론의 끝은 셰익스피어 묘비에 쓰인 글이 아닐까 싶다. 셰익스피어는 어마무시하게 의미심장한 글을 남겼다.

벗들이여, 제발 부탁컨대 여기 묻힌 것을 파헤치지 말아다오.
이것을 그대로 두는 자는 축복을 받고, 내 뼈를 옮기는 자는 저주를 받을지어니.

그러나 그의 존재에 의심을 품는 사람은 늘어가고 기술도 발전했다. 몇 년 전 셰익스피어 서거 400주기를 맞아 그의 무덤을 지하 투과 레이더로 투사하는 프로젝트가 진행된 것이다. 무덤 안 파고도 그 안을 볼 수 있게 된 것. 셰익스피어는 이럴 줄 몰랐겠지. 근데 그 결과 두개골이 사라졌다는 사실이 발견된 것이다. 세상에나, 도대체 진실은 무엇일까?

이렇게 책 읽고 자료 찾아보고 타임머신 타고 16세기를 여행하다 보면 하루가 다 간다. 백수도 오래 하다 보면 비행기를 타지 않아도 여행이 가능하다. 분명 정오가 되기 전에 도서관에 왔는데 밖이 깜깜하다. 이것은 백수의 흔한 월요일 모습.

오늘은 마르크스 찾아 19세기 독일에 와 있다.

첫 번째 안식년 ——————

이토록 진지한 유럽 여행기
혹은 이렇게 가벼운 대안경제 여행기

좋아하는 일이었지만 열심히 하면 할수록 소진되는 것을 느껴 이름을 '정소진'으로 바꿔야 하나, 이러다 '정소멸'이 되면 어쩌나 고민하다가, 퇴사하고 첫 번째 셀프 안식년을 보내기로 결심했다. 4개월간 독일, 이탈리아, 프랑스, 영국, 포르투갈을 여행하며 그동안 일로 접했던 것을 일상에서 경험하는 시간을 가졌다. 협동조합, 기증, 자선가게, 주거 공유 등의 대안경제를 접했다. 좋아하는 작가를 따라 움직이기도 했다. 물론 맛있는 음식을 먹거나 공원에 누워 하늘을 바라보는 일도 빼놓지 않았다. 사회적경제 기업이나 대안경제에 관한 글이라 보기엔 무게감 적고 산발석이다. 마냥 가벼운 여행이라고 보기엔 퍽 진지하다. 몇 가지 여행 원칙은 아래와 같다.

- 일정을 미리 정하지 않고 그때그때 마음 가는 대로 이동하기
- 에어비앤비, 카우치서핑을 통해 빈 주거 공간을 공유하는 숙소 이용하기. 게스트하우스를 이용한다면 가능한 사회 공헌 활동을 하는 곳 찾기
- 최대한 자전거를 타거나 걸어 다니기
- 글로벌 대기업 물건 구입하지 않고 프랜차이즈 매장 이용하지 않기
- 외식보다는 지역에서 나는 식재료를 구입해 요리하기
- 일회용품 사용 줄이고 텀블러 가지고 다니기
- 도시마다 자선 가게를 찾아 계절 지난 물품 기증하고 기념 배지나 엽서 사기
- 학교, 공원, 도서관 방문하고 도서관에서 책 빌려 읽기
- 오래 머무는 나라에서는 그 나라 언어 배우기
- 서로 다름을 이해하고 그들의 생활 방식과 문화 존중하기

안식년의 결과물을 위해 좋아하는 책방에서 하는 독

립출판 제작 모임에 참여하게 되었다. 결과를 떠나 같은 관심사, 꿈을 갖고 있는 사람들을 만나니 또 엄청 설렌다. 모임에서 끌리는 사람들이 있어 다가갔더니 그들도 다 백수였다. 역시 사람은 끼리끼리라고 백수끼리 자석처럼 끌린다. 주변의 백수 비율이 점점 높아진다. 이미 충분히 높은데. 멤버들과 자신이 쓴 산문이나 시를 낭독하는 시간을 가졌다. 회사를 까는 내용의 에세이집을 준비하고 있는 한 회사 성과평가팀에서 일하는 멤버의 글을 읽는데 수위가 너무 세서 깜짝 놀랐다. 노파심에 이거 혹시 회사에서 알게 돼도 괜찮냐고 물었더니 회사 사람들이 알 정도로 유명해지면 회사 관두면 된다고 했다. 오, 똑똑하다, 똑똑해.

그렇게 여러 번의 모임을 통해 첫 번째 에세이가 나왔다. 여행하면서 매일매일 기록한 일기를 묶은 독립출판물이다. 《이토록 진지한 유럽 여행기 혹은 이렇게 가벼운 대안경제 여행기》라는 제목에서 알 수 있듯이 대안경제에 관한 전문적인 내용이라고 보기엔 무게감 적고 산발적이며, 마냥 가벼운 여행기라고 보기엔 퍽 진지한 책이 완성되었다. 어정쩡하다는 말을 길게 풀어 쓴 제목인데 그 어정쩡함은 다음과 같다.

헤르만 헤세를 따라 그의 고향인 작은 시골 마을 칼브에 왔다. 이렇게 예쁘고 평화로운 마을에서 헤세는 왜 그렇게 힘든 유년 시절을 보냈을까? 헤세가 태어난 집 앞 벤치에 앉아 《데미안》을 다시 읽었다. 시골이라 사람도 별로 없어 조용하고, 따뜻한 햇살에 바람은 살랑살랑 불어온다. 별다른 일정이 없으니 여유까지 넘친다.

책 읽고 헤르만 헤세 박물관에 가보니 세계 각국의 헤세 작품이 있는데 한국어책은 딱 한 권, 아주 오래된 헤세 잠언집만 눈에 보였다. 안내 데스크에 가서 가지고 있던 《데미안》과 《수레바퀴 아래서》 두 권을 기증하겠다고 했다. 안내 데스크 할머니들은 깜짝 놀라며 박물관 직원을 호출했고, 감동한 얼굴로 뛰어 내려온 직원을 만났다. 성격 급한 나는 지금 바로 진열할 수 있냐고 했는데 박물관 전시품 교체는 무척 복잡하고 중요한 일이라 교체는 2년 뒤에나 가능하다고 한다. 아마 2년 후에 그간 새롭게 번역된 책을 모아 싹 바꿀 모양인가 보다. 박물관 직원이 고맙다며 엽서와 책갈피를 선물로 주었다. 책 가져오길 참 잘했다. 기증하기도 잘했고.

—〈헤르만 헤세 박물관과 책 기증〉

공유경제의 개념으로 시작한 에어비앤비에서 이것에 관

한 규제가 없을까 궁금했다. 그래서 문의했다. 내 프로
필을 보니 그동안 꾸준히 이용하며 커뮤니티가 성장하
는 과정을 지켜봤을 거라며, 덕분에 에어비앤비를 되돌
아볼 수 있었다며 따뜻한 관심에 너무나도 감사하다는
인사로 시작한 정성스러운 답변이 왔다.

덩치가 커지다 보니 초기의 홈 쉐어링Home Sharing과 다
른 가족들이 들어왔지만 전 세계의 모두에게 열려있는
커뮤니티이기 때문에 그들이 에어비앤비의 가치관과 다
르다고 해서 들어오는 것 자체를 제재하고 있지는 않
다고 한다. 이 부분을 따로 관리하기 위해 베케이션 렌
털Vacation Rental을 통해 지역 관리자 호스트를 분리해 차
별을 두고 있으며 더욱 개선하기 위해 노력하는 중이라
고 한다. 샌프란시스코에서는 에어비앤비가 집값 상승
의 원인을 제공한다며 에어비앤비를 통해 집을 빌려주
는 것을 1년에 75일로 제한하자는 규제안 주민투표를
했단다. 찬성 45퍼센트, 반대 55퍼센트로 부결되었다는
기사를 봤다. 이 투표를 위해 에어비앤비가 쓴 돈은 거
의 1백억 원으로 반대 한 표를 위해 13만 원을 썼다는
거다.

개인과 개인의 거래라 매력 있었는데 이게 점점 임대사
업자로 바뀌면 나는 별로일 것 같은데. 이건 여행자의

입장이고 현지인의 입장에선 어떨까. 〈바이 바이 바르셀로나Bye Bye Barcelona〉라는 다큐멘터리에 대한 〈오마이뉴스〉의 기사를 읽었다. 관광객이 늘면서 어떻게 이웃을 잃고 수십 년간 살아온 삶의 터전을 떠나야만 했는지를 보여주는 다큐멘터리다. 짧게는 1~2일, 길게는 1~2개월 머무를 관광객들로 인해 수년간 그리고 수십 년간 살면서 가꿔온 삶의 터전을 빼앗기는 상황이 올바른 상황인지 우리에게 되묻는다.

이런 여러 가지 상황이 보이게 되면 가볍게 떠난 여행이 무거워진다. 밝은 것만 보면서 살고픈 삶에 어둠이 드리워진다. 싫은 건 아니고 대안을 고민하고 싶다. 현명했으면 좋겠는데, 여행도 인생도. 끙.

— 〈에어비앤비와 공유경제〉

이 작업 과정은 재미있었지만 쉽지 않았다. 퇴고를 한다고 했는데도 비문과 비표준어가 너무 많았다. 수정 인쇄만 몇 차례 하느라 작업은 계속 늦어졌다. 교양 있는 사람들이 두루 쓰는 현대 서울말을 자유자재로 구사하기란 요원하기만 한 일이다. 남들이 보면 별 차이도 없을 글씨체도 요리조리 바꿔보고 글씨 크기며 몇 밀리미터 차이 여백 등은 또 왜 그렇게 신경 쓰이던지. 세 번째 인쇄 맡기니 인쇄소에서 전화 와서는 똑같은 책 또 한 권 인쇄하는 거 맞냐고 묻는다. 그게 미묘하게 다 다르거든요? 물론 제 눈에만 보입니다. 역시 튜닝의 끝은 순정. 다시는 기본을 무시하지 말자고 다짐했다.

독립출판물은 기획, 글쓰기, 편집, 유통, 홍보까지 혼자 다 하니깐 정신이 없긴 하지만 책이 다섯 권쯤 팔리더라도 두 번째 책을 낼 다짐을 하게 되었다. 이유야 당연히 재미있기 때문이다. 쓸모가 있든 없든 오직 재미있는 것만이 나를 움직이게 하는 동력이다. 첫 책은 과거의 이야기를 엮었으니 다음 책에선 현재의 이야기를 하겠다고 결심했고 그렇게 두 번째 독립출판물을 작업하기 시작했다. 이렇게 완성된 책이 1장에서 소개한 《알바의 품격》이다.

독립출판 ——————— 제작자 되기

　이렇게 두 권의 책을 서점에서 판매하며 중간 점검을 했다. 책은 전국 40여 곳의 독립서점에 입고시켜 판매했다. 책값은 7천 원이고 대부분의 서점 수수료는 30~35퍼센트다. 보통 판매용 5권에 샘플 1권을 보내야 한다. 내용이 마음에 드는 경우 판매용 10권을 보내달라는 서점도 있고 책방에 책이 포화 상태라 3권만 보내달라는 서점도 있다. 샘플은 당연히 증정이라 정산에 포함되지 않는다. 수수료를 떼면 책 한 권에 4천 9백 원의 수익이 생긴다.

　일반적으로 판매용 5권을 보내고 샘플 1권을 보내 그게 다 팔린다고 가정하면 2만 4천 5백 원을 정산받게 된다. 여기서 샘플 1권 값 빼고, 수도권이 아닌 경우 택배비 4천 원 빼고, 인쇄 비용을 빼면 남는 게 없다. 나야 뭐 재밌어서 하는 일이라 그렇다 치자. 30퍼센트 수수료를 받는 서점은 한 권 팔아야 2천 1백 원이 남는다. 하루에 몇 권을 팔아야 임대료와 관리비를 내면서 책방지기 인건비까지 감당이 될까. 대부분의 독립서점에서는 판매량이 많지 않다. 독서 모임이나 세미나를 진행하는 서점도 많지만 그것도 딱히 돈벌이가 되진 않는다.

직접 가서 책을 전하며 만나본 서울의 열 군데 책방지기들은 거의 다 내 또래다. 그럼 어떻게 버티느냐는 질문에 딱히 잃을 게 없어서 아직은 괜찮다고 대답한다. 싱글이라 책임져야 하는 가족이 있는 게 아니고 아직 젊으니 혹 책방 운영이 어렵더라도 다른 일을 시작할 수 있다는 거다. 제작자와 책방지기 사이는 분명 비지니스 관계는 맞는데 서로 간의 수익이 제로에 가까운 관계다. 경제적으로 보면 이런 쓸모없는 관계도 없다. 그런데도 굳이 계속 책을 내겠다고 하고 책방을 꾸려나가겠다고 하며 서로를 원한다. 돈 안 되는 일은 바로 접어버리는 요즘 같은 세상에 이런 사람들이 있다. 서로 끌리지 않는다면 그게 더 이상하지 않나. 거의 다 위탁판매 방식이고 정산은 2~3개월에

한 번 하는 게 대부분이라 판매금이 언제 통장에 입금될지 모른다. 이런 와중에 두 군데 서점에서 정산을 받았다.

첫 번째 서점은 유일하게 직접 매입하여 판매하는 곳이었다. 이런 운영 방식은 어떤 분야에서든 쉽지 않다. 재고를 그대로 떠안겠다는 이 담대함, 그리고 고마움. 한 권도 안 팔리면 어쩌나 신경도 쓰였다. 이런 사실이야 당연히 나만 알고 있었는데 참 신기하게도 친구들이 책을 싹쓸이했다며 인증사진 보내준 서점이 바로 이 서점이어서 어쩌나 신기하고 고마웠는지 모른다.

두 번째로 입금한 서점은 매달 정산해주는 아주 부지런한 서점이었다. 이렇게 초기에 입금된 판매 수익은 환경단체에 기부했다. 원래는 재생지에 콩기름 인쇄를 하려고 했는데 비용은 둘째 치고 소량을 인쇄해주는 인쇄소를 찾을 수 없었다. 아쉬운 대로 환경단체에 기부하자고 생각했다.

그래서 책이 팔리면 팔릴수록 수익은 계속 마이너스를 향한다. 제목에 대안경제가 들어가는 책이지만 경제관념이라고는 정말이지 1도 없는 거다. 대단치는 않지만 내 인생의 가치관, 신념을 지키는 일이 쉽진 않다. 그래도 이건 타협할 생각이 없는 부분이다. 직장을 그만두지 않고 계속 다닌다면 그건 계속 글을 쓰고 싶은 이유 때문이 아닐까 하는 생각도 든다. 좋은 건가?

　　독립출판 홍보에 가장 적합한 SNS는 인스타그램이다. 책 내고서 인스타그램으로 홍보 안 하는 작가가 없다. 책에 SNS 계정 정보를 넣는 것은 필수인데 대세를 거스르며 아무것도 하지 않고 있다. 친한 책방지기부터 처음 만난 책방지기까지 인스타그램은 꼭 하라고 조언해줘서 일단 가입을 하긴 했다.

　　가입이랄 것도 없이 페이스북에서 연동하기 누르니깐 바로 계정이 생겼다. 그래서 사진도 올려보고 사람들은 뭘 하나 구경하기도 했다. 페이스북에서 사라진 친구들이 엄청 활발하게 활동하고 있어서 놀랐고 우리나라에 이렇게 예쁜 사람들이 많았나에 두 번 놀랐다. (잘생긴 남자 사진이 많았다면 계속했을지도 모르지만) 순간을 이미지로 남기고픈 사람들에게는 좋은 도구로 보이는데 내 취향은 아니었다.

　　일단 나는 이미지만 보고 호감을 느끼는 경우가 거의 없고 사진보다는 글로 기록하고 그 글을 다시 들춰보기를 좋아해서 도무지 흥미를 느낄 수가 없었다. 한 책방지기는 나중에 찾는 독자가 많아지면 서점에 입고하지 않고 인스타그램으로 직접 판매하는 경우도 많다는 얘기를 해주었다. 그렇다 하더라도 나는 직접 판매할 생각이 없다. 언젠가 나의 독립출판물을 꼭 사야만 하는 독자가 생긴다면 그것 때문에라도 일부러 동네 독립서점에 갔으면 좋겠다. 그래서 인스타그램은 접었다. 블로그도 없다. 책에는 '전자우편' 주소 하나 남겼다. 분명 프롤로그에 이 책을 통해서 많은 친구를 사귀고 싶다고 했는데 진입 장벽이 완전 만리장성급이다. 요즘 같은 시대에 참…

　그래도 나름의 방식으로 교류하며 재미와 고마움을 느끼고는 있다. 입고 제안 메일을 보내면 우리 책방과 잘 어울리겠다며 좋은 제안 고맙다는 답변을 받을 때 정말 기분 좋다. 대구의 한 책방은 원래는 대구에서 출간된 여행책만 받는데 시민사회에 대한 관심이 많아 너무 반갑다며 책을 보내달라고 했다. 또 다른 책방에서는 작가와의 북토크를 하면 어떠냐는 제안을 받았다. 시기가 너무 이르기도 했고 나대기 싫어서 곤란함을 표했는데 나중에 기회가 닿으면 도전하고는 싶다.

　중간 점검에서 느낀 점은 결국 뭐든 다 기본이 중요하다는 사실이다. 괜히 아는 척하지 말고 처음이라 잘 모르는데 이렇게 진행해도 되겠냐고 묻기, 상품성 잘 드러나게 제안서 보내기, 서점마다 요청하는 각기 다른 서류(계약서, 신분증, 작가 손편지 등) 잘 준비해서 보내기, 파본 점검하고 혹 발견되면 바로 교환해주기, 입고하기로 약속한 날짜 잘 지키기, 독립서점이고 주인이 또래라고 대충하지 않고 예의 바르게 대하고 절차는 제대로 밟기 등이다. 한 책방에서는 책이 마음에 든다며 입점 가능하다는 답변을 받았는데 꽤 높은 입점비가 있었다. 기분 상해서 답장을 안 한다거나 무리하게 입점하지 않고, 이번이 처음이라 아직 입점비를 내면서 판매하기는 부담이라고 솔직하게 말하고 거절하기 등이 내 기준에서 기본인 것이었다.

책은 참 얇고 작은데, 언제나 나보다 크기만 하다. 남이 쓴 책만 그럴 줄 알았다. 내가 쓴 책도 그렇더라.

lazy하게 살아요 ──────── 인생도, 여행도

이탈로 칼비노의 《보이지 않는 도시들》(이현경 옮김, 민음사, 2007)에서 주인공 마르코 폴로는 살아 있는 사람들의 지옥은 미래의 어떤 것이 아니라 '지금'이라며, 지옥을 벗어날 수 있는 두 가지 방법을 제시한다.

첫 번째 방법은 많은 사람이 쉽게 할 수 있습니다. 그것은 바로, 지옥을 받아들이고 그 지옥이 더 이상 보이지 않을 정도로 그것의 일부분이 되는 것입니다. 두 번째 방법은 위험하고 주의를 기울이며 계속 배워나가야 하는 것입니다. 그것은 즉 지옥의 한가운데서 지옥 속에 살지 않는 사람과 지옥이 아닌 것을 찾아내려 하고 그것을 구별해내어 지속시키고 그것들에게 공간을 부여하는 것입니다.

그 어렵다는 두 번째 방법으로 삶을 꾸려나가는 친구들을 소개한다.

윤정은 퇴사 후 제주도로 여행을 떠난다. 제주 올레길을 정처 없이 걷다가 그 올레길을 널리 알리는 단체에서 단기 계약직 직원으로 일하며 제주의 매력에 빠진다. 그러다가 이탈리아로 3개월간 여행을 떠난다. 이탈리아는 도시마다 다른 매력이 있고 시간도 많으니 한 도시에 한 주씩, 1주일 살기 형식으로 여행을 하게 되었다.

차편을 고려하느라 도착하자마자 어정쩡하게 짐 풀다 말고 다음날 허겁지겁 짐 싸서 퇴실하는, 잠만 자고 나오는 그런 머무름이 싫었다. 게으름 부리며 뒹굴거릴 방을 구해 요리도 하고 책도 읽고 늦잠도 자고 자신만의 리듬대로 머무는 여행을 하려면 1주일 정도는 있어야 할 것 같았기 때문이다.

그때 '체류형 여행'을 생각하게 된다. 이 생각을 현실로 만들기 위한 방법으로 세 가지 방법을 떠올렸다. 첫 번째는 기존의 여행사에 취직하여 체류형 여행 프로그램을 진행하는 것. 그런데 이것을 당장 진행하기는 현실적으로 불가능했다. 여행사 경력도 없는 직원을 뽑아 신사업을 맡길 여행사가 어디 있으랴.

두 번째는 공정여행사에 취직하는 일이었다. 그래서 여행업계 분들에게 조언을 구하기도 했다. 좋은 의견이지만 사업 규모를 보면 현실적으로 무리라는 답변을 듣게 된다. 그렇다면 마지막 방법이 있다. 체류형 여행 프로그램을 직접 운영하는 것이다. 허나 이 역시 아무것도 모른 채 바로 시작하기는 어려운 터, 우선 제주의 '한 달 살기 회사'에 취직한다. 그리고 현재는 제주에서 1주일을 오롯이 보내는 체류형 숙소의 운영자가 되었다.

좋아하는 것을 일로 삼으면 온 에너지를 쏟다가 지치고 마는 것. 나는 이 사이클을 너무나도 생생히 경험했기 때문에 윤정의 일상이 궁금했다. 그런데 이 친구, 참 느긋하다. 게스트하우스를 운영하는 것도 느슨하고 일상도 느릿느릿 여유 있다. 손님은 1주일 단위로 받아 입·퇴실을 매일매일 신경 쓰지 않는다. 손님들은 빡센 여행을 하는 타입이 아닌 사람들이 알아서 찾아오기 때문에 이른 시간 조식을 준비할 일도 없다. 푹 자고 일어나 신선한 주스를 내리고 샐러드를 만들어 먹는다. 이것은 손님을 위하기 전,

스스로를 위한 일이다. '어차피 내가 먹을 건데 나는 호스트니까 게스트를 위한 것도 같이 준비하자'는 정도다.

모든 서비스는 호스트의 욕구를 반영한다. 내가 이렇게 살고 싶어서 이런 서비스를 만든 것이다. 아침마다 과일주스와 샐러드를 먹고 싶어서 그런 서비스를 만들었고, 올레길을 걷고 싶어서 함께 걷는 프로그램을 만들었고, 책을 많이 읽고 싶어서 게스트하우스에 책 읽는 공간을 만들었을 뿐이다. 이제는 직업도 자신의 삶과 연결되도록 구성해야 한다는 게 윤정의 신념이다.

다른 게스트하우스와 가장 큰 차이점이 무엇이냐고 물었더니 윤정은 "내가 이렇게 살고 싶어서 이렇게 구성한 곳"이라고 대답한다. 그래서 게스트하우스는 성격이 분명한 공간이 되었다. 나도 여행을 하면서 느꼈는데 호스트의 성향에 따라 비슷한 사람들이 모이는 경향이 분명 있었다. 알고 지내던 사이도 아니고, 수많은 숙소 중에서 선택을 하면서도 참 많은 취향이 반영되나 보다. 사진 한 장, 문의에 대한 답변 등을 봐도 주인장이 어떤 사람인지 대략 감이 오니 아마도 그런 것들이 숙소를 선택하는 데 영향을 끼치는 것 같다.

최소 1주일은 머무르는 윤정의 게스트하우스엔, 그래서 취향과 지향하는 바가 비슷한 사람이 더 많이 찾아오게 된다. 성격을 분명히 할수록 오는 사람들도 맞춰진다. 그냥 하나의 장소일 뿐이지만 윤정은 누군가를 계속 부르고 있고 또 누군가는 거기에 끊임없이 응답한다. 그렇게 특별한 광고도 없이 사람들이 하나둘씩 모인다. 기본적인 결이 맞으면서도 다양한 층위의 사람이 모일 수 있는 곳이다. 언뜻 보면 별생각 없이 그저 여유롭게 구성한 공간 같지만 실은 아주 정교하게 자신의 니즈, 일의 강도, 삶에서 누리고픈 요소 등을 반영한, 한마디로 자신의 욕구를 반영한 공간이고 직업이다.

포르투갈의 작은 항구도시 포르투는 와인의 도시로 유명하다. 포르투에서 3주를 지내며 와인의 도시에 대한 예의를 갖추겠다며 매일매일 와인을 마셨던 적이 있다. 와인에 꿀을 탔나 어쩜 그렇게 달달하고 부드러운지 기분 좋게 취했다. 피가 점점 붉어지는 느낌이었다. 다른 여행지와 달리 포르투갈은 말이 잘 통하지 않는 곳이라 귀를 더 쫑긋하게 되고 상대의 눈을 더 집중해서 보게 된다. 그러니 들리지 않던 작은 소리가 들리고 보이지 않던 소소한 것들이 눈에 들어온다.

딱히 밖에서 인터넷을 할 일이 없어 로밍하지 않고 카페나 식당에서 와이파이를 잡아 썼는데 세상과 잠깐씩 단절되는 기분이 꽤 괜찮았다. 그러다 보니 본능에 더 충실하고, 감각이 예민해지는 것을 느낄 수 있는 그때 그 시간이 나는 참 좋았다. 윤정의 게스트하우스는 내게 포르투에서 지내던 때의 느낌을 불러일으키는 곳이다.

제주 '레이지버드Lazybird'

(www.lazybird.net)

아름답고 무용한 ——————— 책방

　　주신은 직장 생활을 하는 동안 퇴근 후 집에 와서 책
을 읽은 게 위로가 되었던 기억 덕분에 '아무책방'을 열게
되었다. 소란스럽지 않고 언제나 그 자리에 있어 손을 뻗
어 읽고 싶을 때 읽을 수 있는 책에 대한 기억, 책이란 물
성이 왠지 모르게 육체노동과 단순한 마음을 연상시켜 좋
아했던 것 같다고 말한다. 책을 보면 책 정리가 떠오르고
책을 정리하며 육체를 움직이는 일은 곧 단순한 마음이랄
까? 그래서 직장을 관두고 무작정 서점에서 일을 시작하
게 되었다.

　　우선 문제집과 시중의 단행본을 파는 동네 중형서점

에서부터 시작했다. 그때는 동네마다 독립서점이 생겨나는 시기이기도 했고 그걸 보니 주신도 책방을 할 수 있을 것 같아서 시작한 것이다. 역시 뭘 모를 때 용감할 수 있다. 나도 한때는 작은 동네책방 주인을 꿈꿨기에, 주신에게 책방 운영과 삶에 대해 질문을 던져보았다.

———

나 저도 언젠가 책방을 운영하면 좋겠다고 상상만 했었는데요. 현실적으로 어려운 점도 많고 그러다 보니 용기가 안 나더라고요. 주신 님이 책방을 운영하기로 결심했을 때 필요했던 용기는 어떤 용기였어요? 혹 그 용기 중에 불안은 떠안고 가려는 마음이 있었다면 어떻게 그걸 극복했는지 궁금해요.

주신 그 용기를 뭐라고 해야 할까요. 아니 그걸 용기라고 부를 수 있을까요. 부끄럽지만 저는 잘 알지 못했기에 시작했던 것 같아요. 처음엔 불안감보다는 근거 없는 자신감이 있었고. 그때만 해도 제가 조금 더 어렸기에 앞도 뒤도 보지 않는 일종의 패기랄까, 그런 게 있었던 듯해요. 불안은 극복될 것은 아니고 늘 마음 한구석에 있어 때때로 당황스럽게 올라올 때가 있는 것 같거든요. 그럼 불안에게 잠식당하지 않도록 대수롭지 않게 여기려고도 하고 혼잣말도 자주 해요. 두려움이 없어라. 두려움이 없어라.

나 저는 현재를 긍정하며 기쁨을 찾는 일이 굉장히 어려워요. 과거에 왜 그랬을까 하는 후회와 미래에 대한 불안이 커서요. 제가 본 주신 씨는 과거는 이미 지난 과거일 뿐이고, 미래는 아직 다가오지 않았으니 현재에 충실하자! 는 힘이 강한 것 같았어요. 본인은 그걸 '대책 없음'이라고 겸손하게 말하겠지만요. 현재에 충실할 수 있는 비결이 뭐예요?

주신 오, 이런. 제가 볼 때 나영 씨야말로 현재를 활기차게 사는 분 같은데요. 남에게 관대하고 자신에게 엄격한 것은 아닐까요. 저도 가끔 회한에 빠지기도 하고, 나는 어쩌다 지금의 나로 되어왔나, 어쩌자고 갈 지之 자를 그리며 걸어왔나, 이런 생각도 들곤 합니다.

그럼에도 불구하고 작은 믿음이 있는 것 같아요. 이력. 지금까지 밟아온 지난 길을 돌아보면 그때 그때마다 나름 충실히 살았던 제가 있었고, 비록 그게 곧은 한 길이 아니라, 모든 게 다 허사로구나, 부질없다는 생각이 들 때도 있지만, 그러다가도 다시 뜨거운 물로 아침 샤워를 하고 나와, 어깨를 펴고 마음도 가다듬고, 내 안에 축적되어온 삶을 믿으며, 다시 해야 할 일과 하고 싶은 일을 해보는 겁니다.

나 책방을 유지하기 위해 오전엔 파트타임으로 일하고 오후엔 책방으로 출근했었잖아요? 자는 시간 빼면 거의 일을 하느라 시간을 다 보내는데도 불구하고 책방에 있는 시간은 노동이라 생각하지 않는다고 했었던 게 기억에 남아요. 저는 좋아하는 일을 하면서도 그 일이 종종 버겁고 그래서 에너지가 소진된다고 느꼈었거든요. 좋아하는 일을 하면서도 덜 지칠 수 있었던 이유는 무엇이었어요? 사람? 책? 공간?

주신 마치 책방을 해보신 것처럼 모든 것을 다 말씀해주셨습니다. 사람, 책, 공간, 모두입니다. 책방에 매일 나올 때는 사람이 정말 반가웠어요. 오셨던 분이 또 오고 그다음에 또 오고 하면 인사를 합니다. 안녕하세요. 또 오셨군요. 예전에 쓴 판매 장부를 보니 판매된 책마다 구매한 손님들 특징이 다 적혀 있더라고요. 따릉이 타고 오신 손님, 계속 시집을 구매하고 있는 손님 등등. 좋은 날은 좋아서, 슬픈 날은 슬퍼서,

친구들이 언제 놀러 와도 이 자리에 문 열고 있어 반겨줄 수 있음이 기뻤어요. 그들이 책방에 와서 책을 구매하고 읽습니다.

책은 선물 같은 것이지요. 문자 그대로 선물처럼 상자에 포장되어 옵니다. 주문한 책들, 독립출판 제작자가 보낸 책들이 택배 상자에 담겨 와요. 책방에 오면 어김없이 택배 상자가 와 있고, 책을 꺼내 서가에 꽂으면 선물 받은 느낌이었어요. 그렇게 책에 둘러싸여 가만히 앉아 서가를 바라보면, 아무 생각이 없어지기도 했고, 읽고 쓰고, 저만의 방식으로 마음 가는 대로 마음껏 해볼 수 있는 공간이었던 것 같습니다.

나 좋아하는 일과 생계를 위해 해야 하는 일의 비중은 어느 정도로 맞추려고 하세요? 아니면 이 둘의 구분이 없는 것을 원하는지? 앞으로의 계획도 궁금해요. 쉼을 원한다면 어떻게 그 쉼의 스타일을 구성할 것인지도요.

주신 아직 찾지 못해 계속 시도하는 것 같아요. 좋아하는 일과 생계를 위한 일을 동일시하기도 해봤다고, 생업을 하고 좋아하는 건 취미로 했다가, 비율을 적절히 나눠도 봤다가, 또 좋아하는 일이 진정 내가 좋아하는 일인지 의문도 품었다가. 이 산을 오르면 이 산이 아니고, 저 산을 오르면 저 산이 아니고, 산 너머 산이네요. 최근에 읽은 텍스트인데요.

죽기 전에 온 힘을 다해 땀을 흘려보고 싶습니다. 그날그날을 가득 채워 살 것. (…) 계획을 세웠습니다. (재능은 던져버리고!) 우리는 강을 건너고, 산을 넘어서, 우리의 길을 걸을 뿐입니다. 자살을 해도 좋고, 백세장수를 누려도 좋고, 사람마다 제각기, 나름의 길을 살아내는 일, 자아의 탑을 쌓아올리는 일, 이것 말곤 아무것도 없습니다. 악필, 알아보기 힘들 수 있겠지만 잘 판독하시길. 조만간 또 놀러 오십시오. 어제는 하염없이 가을 바다를 바라보았습니다.

— 다자이 오사무, 〈그날그날을 가득 채워 살 것〉

(정수윤 옮김,《슬픈 얼굴》, 봄날의책, 2017) 중에서

어떻게 쉴 거라는 계획조차 없는 상태지만 또 나름의 길을 살아가겠고 무엇을 하든 그게 저의 길이겠지요. 이제 또 놀러 오란 말은 못하지만 어디서든 또 만나요. 친구는 소중합니다. 저는 쉬면서 봄 바다를 보러 가야겠습니다.

나 우리가 지금 30대를 보내고 있잖아요. 20대와 달리 30대라서 좋은 점은 무엇인지 궁금해요. 또 또래들에게 해주고 싶은 말은 뭐예요? 우리 세대가 읽었으면 좋겠다 싶은 책을 추천해줘도 좋아요.

주신 가장 어려운 질문이네요. 손윗사람에게도 아니고 손아랫사람에게도 아닌 또래들에게 해줄 말이라니 저는 정말 할 말이 없습니다. 힘내라는 말밖엔. 20대가 더 좋은 것 같습니다만 30대라서 좋은 점을 말하라면 나 자신을 조금 더 알아가는 시간이라고 해야 할까요. 알아가는 것엔 고통도 따르지만 그만큼 스스로를 받아들이는 용기도 생기는 것 같습니다.

책은 피에르 자위가 쓴 《드러내지 않기: 혹은 사라짐의 기술》(이세진 옮김, 위고, 2017)을 추천합니다. 나 자신과 타자, 그리고 세계를 대하는 자세와 관련해 배울 점이 있고 어떻게 보면 제가 궁극적으로 지향하는 삶의 태도가 담겨 있다고 생각합니다.

'아무책방'

(아쉽게도 2020년 2월 29일을 끝으로 문을 닫았다.)

두 달 예술학교 —————— 교장 혹은 학생

혜윤은 그림을 그리는 예술가가 되기 위해 직장을 다니고 있다. 아니 이미 예술가로 살고 있다. 어떤 점에서 예술가로 살고 있냐고 묻는다면, 혜윤의 답변은 심플하다. 좋아하는 그림을 계속 그리는 일상, 자신을 둘러싼 환경이 변하더라도 묵묵하게 그리고 싶은 그림을 계속 그리는 것이 전부다.

한번은 인도인 친구의 요청으로 청첩장 그림을 그려주었는데, 그게 인도의 한 동네에서 핫한 청첩장이 되었다. 예술이 엄청난 대단한 게 아니라 누군가가 내 그림을 의미 있게 여겨주고 행복해하고, 또 그게 나를 기쁘게 하니 이걸로 충분하다고 말하는 이 친구를 나는 '일상 예술가'라고 부른다.

혜윤은 다양한 예술가 선생님과 친구를 만나 더 많이 배우고 싶은 욕망을 느꼈다. 그러다가 두 달의 안식월을 보낼 기회가 생겼다. 그래서 국내외 예술대학이나 교육 프로그램, 워크숍 등을 찾아보았지만 적절한 곳을 찾을 수 없었다. 찾을 수 없다면? 직접 만들면 된다. 이름하여 '두 달 예술학교'. '팝업 예술학교'라고 보면 된다.

혜윤은 이 학교의 교장이자 유일한 학생으로 커리큘럼도 직접 만들었다. 배우고 싶은 것을 직접 만들어서 배워보자는 일종의 공부이자 놀이이자 프로젝트다. 그럼 선생님은? 미술관을 중심으로 여행하며 만난 작품과 그 작품을 만든 예술가들이 곧 선생님이 된다. 스페인의 프라도 미술관, 레이나 소피아 미술관, 후안 미로 미술관, 산 안토니 도서관, 바젤에 있는 팅겔리, 런던의 테이트 모던 선생님뿐만 아니라 여행에서 만난 친구와 책도 좋은 선생님이 되어주었다고 한다.

학생이 한 명뿐인 학교지만 과제가 있다. 과제는 글쓰기와 그림이다. 각 도시마다 새롭게 배우고 느낀 점, 그 도시에서 찾아온 질문과 생각, 아직 더 알고 싶은 것들을 기록하여 과제를 제출한다. 두 달 예술학교를 졸업하면서는 조촐한 졸업식까지 치렀으니 이 학교 참 알차다.

혜윤과 내가 요즘 고민하고 있는 문제는 일을 하면서도 어떻게 나만의 스타일을 만들 수 있을까 하는 문제다. 그리고 에너지가 다 소진돼서 안식년을 보낼 수밖에 없었던 나에게는 혜윤의 이 꾸준함이 큰 버팀목이 된다.

직장과 그림 작업에 쓰는 에너지가 어떻게 되냐고 물었더니 거의 5대 5에 가깝다고 한다. 그렇다고 일을 허투루 하는 것은 아니다. 이제 삶에서 직장이 그렇게 절대적으로 중요하지 않아서 자신을 소진시키거나 해치지 않도록 조절하려고 노력한다. 그래서 오히려 편안함을 느낄 때도 있단다. 예전에는 워커홀릭처럼 일하다 과부하가 걸리기도 했는데 그때처럼 미련해서는 무엇이든 오래 할 수 없다는 게 우리의 생각이다.

내가 가진 에너지를 제대로 알고 지금 할 수 있는 것들에 집중하는 일. 자는 시간을 빼고 하루 16시간을 쓸 수 있다고 생각해보았다. 혜윤은 이걸 하루 동안 먹을 수 있는 열여섯 개의 파이라고 생각해보자고 했다. 이 파이를 하루 동안 어떻게 나눠서 먹을 것인가? 한번에 다 먹고 싶지만 그러면 배탈이 난다. 배가 고프지 않을 때엔 남기기도 하고 배가 고프면 정량보다 조금 더 먹기도 하면서 하루의 균형을 맞춘다.

　한동안 나는 회사에서 시간을 '때운다'고 여길 때가 있었다. 빨리 퇴근하고 공부를 해야지, 글을 써야지, 친구를 만나야지 등등 하고 싶고 해야 할 일이 늘 많았다. 퇴근하고 난 뒤에는 잠시 감춰져 있던 '진짜 나'가 뿅 나타난다고 생각했던 것 같다. 혜윤은 일하는 삶과 일하지 않을 때의 삶이 다르다고 느끼지 않는다. 그 둘 모두가 나를 구성하는 것이라고 말한다. 현실에서 가능한 선에서 내가 가지고 있는 모든 재료를 최대한 활용하는 것의 경이로움을 보여준다. 직장에서 보내는 시간도 내 삶의 큰 부분이니깐. 하고 싶지 않아도 해야 하는 일에 충실할 때, 누군가는 해야 하는 어려운 일을 해내는 사람을 볼 때, 다른 사람들이 기피하는 일을 감당하고 충실히 해냈을 때 그냥 그게 참 멋있고 좋다는 것이다.

　우선순위를 정하지 못해 헤매고 있는 나를 보면서 친구는 중요한 것과 소중한 것을 생각해보라고 조언해주었다. 다른 사람들의 시선에 따라 중요한 것에 더 집중하다 보면 정작 소중한 것을 놓칠 수가 있다면서. 나에게 소중한 것에 더 집중할 수 있을 때 내 힘이 더 세질 수 있는 것 같지 않느냐는 질문을 던진다.

　직장을 다니면서 두 달의 휴가를 보낼 수 있는 것은 아주 드문 일이다. 그런 복지제도 없는 회사라서 불가능하다고? 최근에 이직한 혜윤에게도 이제 그런 장기 휴가는 없다. 그럼 어떡하나? '두 달 예술학교'를 '두 시간 예술학교'로 축소해서 365일 진행한다면? 시간면에서는 큰 차이가 없다. 현실에서 내가 선택할 수 있는 일을 찾고, 거기에 나만의 의미를 부여하는 일을 요즘 혜윤에게 배우는 중이다.

ⓒ 정혜윤

친애하는 ——————— 백수 친구들

　친구라고 부를 수 있는 범위는 어디까지일까? 같은 나이? 같은 학년? 같은 학교 사람들? 내 경우 사회생활을 시작하면서 친구라고 부를 수 있는 사람들의 범위가 넓어졌다. 20대부터 50대까지 다르게 살아온 사람들과 인생을 나눌 수 있게 되었고 나는 이들을 모두 '친구'라고 부른다. 사람을 사귀는 데 나이는 아무것도 아니라는 걸 알았다.

　그럼 친구에게 영향을 많이 받는 시기는 언제일까? 보통은 초·중·고등학교 때라고 생각한다. 나 역시 그랬다. 학창 시절에는 친구가 전부였다. 만나는 친구에 따라 성격이 바뀌기도 했고 나로 인해 성격이 바뀌었다는 친구들도 있었다. 20대가 되니 주변 사람들과 상관없이 나는 나만의 길을 간다는 고집이 생겼다. 희한하게도 30대가 되니 다시 친구에게 영향을 많이 받게 되었는데, 10대 때 어떤 무리에 소속되고 싶어 한 성질의 것은 아니다. 제도권에 있어도 자신만의 자유로움을 펼치거나, 아예 제도권 밖에서 사는 친구들을 보면서 그들은 대체 어떻게 자기 삶을 꾸려나가는지 궁금해졌다.

몇 년 전, 책을 읽고 토론하는 세미나에 참여하게 되었다. 친하게 지내던 친구 한 명이 재미있는 모임을 만들었는데 함께하자고 해서 가벼운 마음으로 참여하게 된 세미나이다. 처음 우리가 함께 읽은 책은 한나 아렌트의 《인간의 조건》이었는데 사실 이 책은 너무 어려워서 무슨 말인지 거의 이해하지 못했지만 발제를 맡은 친구의 글이 너무 멋있었고, 또 토론이 끝난 새벽까지 술을 마시는 게 너무 좋아서 친구들과 계속 함께하게 되었다.

《인간의 조건》을 다 읽은 뒤에는 '정체성'을 주제로 밀란 쿤데라의 《정체성》, 보르헤스의 《셰익스피어의 기억》, 오르한 파묵의 《하얀 성》, 에밀 아자르의 《자기 앞의 생》, 서머싯 몸의 《달과 6펜스》 등의 책을 읽었다. 그 뒤로 '페미니즘'을 주제로 한 세미나, '요즘 한국'을 주제로 한 세미나를 하기도 했다. 역시 매 만남에는 책과 술이 있었다. 나이차가 많이 나는 친구들도 있었는데 책과 술이 있으니 전혀 어색함 없이 어울릴 수 있었다.

여기서 만난 친구들 중에 백수인 친구가 네 명 있다. 그들을 볼 때마다 1퍼센트의 걱정과 99퍼센트의 존경심을 느꼈다. 만나면 또 너니? 하며 식상함을 토로하고 곧 술을 마신다. 수중에 3천 원이 있으면 3천 원짜리 술을 마시는데 6천 원이 있다고 저축을 하진 않는다. 6천 원짜리 술을 마실 뿐이다. 유일한 직장인이었던 나는 술을 채워준다고 소주를 박스로 배달시켰더니 두고두고 감사 인사를 받았다.

백수라고 늦게까지 퍼질러 잔다고 생각하면 오산이다. 아침 7~8시면 눈이 떠진다고 한다. 스트레스가 없으니 조금만 자도 개운하다나 뭐라나. 그때부터 아침밥을 해 먹고 산책을 하거나 논문이나 뉴스를 읽고 글을 쓰거나 한다. 책은 또 무지하게 많이 읽어서 하나는 책 읽을 시간이 부족하다고 퇴사한 양반이고 다른 두 양반은 인문사회과학 책방 옆으로 이사를 했다.

모이면 요즘 안고 있는 질문에 대한 이야기, 지금 읽는 책, 우리는 어떻게 살아야 더 행복하며 어떻게 최소한의 노동만 하며 즐겁게 살 수 있을까, 그리고 빠질 수 없는 사랑에 대한 이야기를 나누며 음악을 듣거나 기타를 연주한다. 세상에 대한 염세적 태도와 함께 격렬한 희망을 느끼기도 하니 참 아이러니하다.

타인에게 의존하는 존재가 아닌 독립된 존재로서 다른 사람들과 관계 맺고 존중하는 것이 성숙한 인간의 조건이라 생각한다. 정의의 독점이 오독보다 더 위험하다 생각하며 전체주의를 경멸한다. 때때로 편협한 사고를 하는 나에겐 늘 머리를 땅 울리게 해주는 친구들이다.

하루는 즐겁게 놀다가 정신 차리니 새벽 5시였던 적이 있었다. 출근 괜찮겠냐는 질문에 매일 하는 출근을 위해 어쩌다 누리는 이 즐거움을 포기할 수 없다고 했더니 "우와, 너는 실존 그 자체다!"라는 극찬을 받았다. 글로 쓰니 뭔가 극단적 또라이 집단 같은데 엄청 매력적인 인간들이라 몹시 존경해 마지않으며 레벨 안 맞게 주 5일이나 회사에 다니는 나의 평범함을 반성하게 되는 것이었다.

이런 반성과 친구들의 응원에 힘입어 두 번째 퇴사를 했다. 순전히 친구들 때문에 회사를 관둔 것은 아니지만, 이렇게 자유롭게 사는 친구들을 보면서 조직에 속하지 않는 것에 대한 불안함이 많이 줄어든 것은 사실이다. 퇴사했다고 말했을 때, "미쳤어?"가 아니라 "백수는 언제나 대환영!"이라고 말하는 그런 친구가 있다는 것만으로도 어찌나 든든하던지.

그런데 나는 지금 다시 직장인으로 살고 있다. 한 2년 전만 해도 지속가능한 백수로 사는 게 꿈이었는데 생각은 계속해서 바뀌더라. 에너지가 소진되어 쉬고 싶어서, 조직 생활에 진절머리가 나서 등 퇴사의 이유는 다양하지만 도피나 쉼은 지속가능한 대안이 될 수 없다. 결국 나의 생각, 내가 직업과 직장을 대하는 태도, 내가 있는 공간을 대하는 태도가 바뀌어야 한다고 생각하게 되었다. 말이야 쉽지만 이게 어디 쉬운 일이겠는가? 그래서 나는 지금 공부 중이다.

4

독립의  품격

꽃향기를 원하지만
현실은 시궁창

결혼은 ──────────────── 선택

　　하루는 사무실로 꽃바구니와 케이크가 배달되었다.
생일을 맞은 직원의 남편이 보낸 깜짝 생일 선물이었다.
모여서 생일 축하 노래를 부르고 박수를 치는데 "이거 남
편이 바람피우는구먼. 허허허." 하는 말이 들렸다. 아재 개
그도 아니고 이 개그는 대체 무엇이란 말인가. 이런 농담
은 농담 중에서도 제일 재미없고 불편하다. 다정한 중년
부부에겐 불륜이라는 농담도 너무 싫다. 부러우면 부럽다
고, 참 로맨틱한 남편이 있어 좋겠다고, 축하하면 축하한
다고 비틀지 않고 바로 표현했으면 좋겠다.

이번에도 회사 스트레스를 안고 '자발적 거지들의 모임'이라는 백수들의 모임에 다녀왔다. 지난번에는 '아프지 않고 일해도 청춘이란다'라는 주제의 모임에 다녀왔는데 이번 모임의 화두는 '비혼'이었다. 비혼은 그냥 다 결혼을 원하지 않는 사람들이고 당연히 여자가 많을 거라고 생각했는데 그렇지 않았다. 또 비혼은 결혼을 원하지 않으니 당연히 아이를 갖는 것도 원하지 않을 거라고 생각했는데 그것도 아니었다.

같은 비혼이어도 아이는 낳고 싶어 인공수정을 알아보는 사람이 있었다. 다음 달 결혼을 앞두고 있지만 비혼을 꿈꿨기 때문에 이 모임에 왔다는 사람도 있었다. 때가 됐으니 얼른 짝 찾아 결혼하라는 부모님 잔소리가 듣기 싫어 사실 남자를 좋아한다고 고백한 남성도 있었다. 또 결혼 자체가 싫은 게 아니라 결혼은 하고 싶었으나 경제적 문제로 결혼을 포기한 강제 비혼도 있다. 결과적으로는 같은 비혼이어도 참 다양한 부류가 있다.

평소에 결혼에 대한 질문을 받을 때마다 또 뭐라 대답해야 하나 피곤했는데 이렇게 비슷한 사람들이 모이면 이름도 모르고 성도 모르지만 너무나 평온한 것이다. 사회는 결혼한 사람, 결혼할 (예정인데 아직 못 한) 사람으로만 나누니 거기에 끼지 않는 우리 같은 사람들은 참 이상한 사람이 되고 어떤 제도상의 혜택도 받을 수가 없다. 모임에서는 외국 사례를 들며 이야기를 나누었는데 프랑스에서는 결혼 상태를 묻는 항목이 6개—독신, 결혼, 한부모가정, 이혼, 동거, 시민연대협약Pacte Civil de Solidarité, PACS—로 세분화되어 있단다. 동거가구의 권리를 보장하는 시민연대협약을 도입한 이후로는 혼외 출산이 60퍼센트나 증가했다고 한다.

저출산 대책으로 법률혼 중심에서 탈피해 다양한 가족관계를 인정하려 하지는 않고 불필요하게 스펙을 쌓으며 결혼 시장에 늦게 들어오는 현상을 막겠다는 헛소리를 한 정치인도 있다. 다양한 가족관계가 인정되고 또 결혼을 해도 아니다 싶으면 제도나 다른 사람들의 시선 때문에 힘들지 않고 이혼할 수 있는 사회가 되면 좋겠다. 관계를 지탱하는 힘은 제도가 아니라 둘만의 내밀함 아닌가? 사랑해서 같이 살겠다고 한 개인과 개인의 결혼인데 사랑이 식어서 혹은 다른 이유로 헤어지겠다 할 때는 왜 국가가 개입해야 하는지도 잘 모르겠다.

그럼에도 불구하고 가끔은 결혼에 대해 생각하게 될 때가 있다. 결혼보다는 경제공동체 느낌이 더 강하다. 혼자 살면서 가장 아쉬울 때는 역시 경제적인 문제가 발생

할 때다. 백수로 놀고 있던 어느 날 십주인 아주머니로부터 보증금을 올려야겠다는 연락을 받은 적이 있다. 무지갯빛 세상이 몇 분 만에 잿빛으로 변하는 것을 실감했다. 돈의 위력이란 어마어마하다. 부모님이 이 사실을 알면 혼자 살 능력 없으니 당장 들어오라고 하실 게 뻔했다. 퇴사 조건으로 집에 들어와 살라고 했던 분들이다. 그럴 바엔 혼자 살면서 회사 두 곳 다니는 게 낫다고 했다. 회사도 싫었는데 집에 들어가 살기는 더 싫다니 이게 대체 무슨 일인가! 게다가 부모님에 대한 사랑은 넘치는데 왜 같이 사는 건 힘들기만 한지.

보증금 때문에 갑자기 삶이 버거워졌다. 어깨 위에 돌덩이가 올라간 느낌이다. 이 난관을 어찌 극복하면 좋을지 모르겠다. 근데 돈이 짧은 시간에 극복 가능한 대상은 아닌데. 아, 이대로 집에 (끌려) 들어가면 나의 행복한 백수 라이프는 어떻게 될까. 너무 슬퍼 상상조차 안 된다. 돈 때문에 다신 없을 무한한 자유를 통째로 헌납해야 할까? 자유, 평등, 박애 중에 자유가 제일 앞에 있는 이유를 알 것도 같았다.

혐오와 ──────────────── 무서움

    나는 거의 혼자 돌아다닐 때가 많고 뚜벅이족으로 대중교통을 이용하는데 버스나 지하철에 타서 자리에 앉을 때마다 속으로 기도한다. '제발 옆자리에 여성이 앉게 해주세요, 제발요.' 기도만 하는 게 아니라 버스나 지하철에 타는 사람들에게 강한 눈빛을 보내는데 이러면 거의 대부분 또래 여성이 옆자리에 앉는다. 아마 비슷하게 생각하기 때문인 것 같다. 빈자리에 앉아 나와 똑같은 두려움을 느끼기보다는 여자끼리 앉기를 선택하는 게 안전하기 때문이다. 특히 광역버스의 경우 한번 앉으면 최소 30분은 자리 이동 없이 가야 하기에 옆자리에 누가 앉는지가 굉장히 중요하다.

　이렇게 신경 쓰게 된 까닭은 대학생 때 버스에서 만난 변태, 그리고 만취한 아저씨가 시비를 걸었던 트라우마 때문이다. 변태는 50대 후반이었고 축구선수 지네딘 지단을 닮았는데 한동안은 그 연령의 머리숱 없는 아저씨만 봐도 심장이 떨려 대중교통을 이용하기 어려웠다. 지단 아저씨는 아마도 가족들과 함께 먹을 것으로 보이는 아이스크림 케이크를 들고 있었는데 이것만으로 재단하기는 어렵지만, 그래도 가정적으로 보이는 가장이 버스에서는 변태 짓을 했다는 게 용납이 안 됐다. 지단한테 사과는 받았지만 분이 풀리지 않아 경찰서에 가지 않은 것을 후회했다. 다시 만나고 싶었는데(?) 어쩐 일인지 그 이후로 버스에서 지단을 만난 적은 없었다.

　하루는 퇴근 후 볼일을 보고 버스를 탔는데 승객은 대여섯 명 정도로 좌석은 아주 여유로웠다. 한 정류장에서 30대 초반 정도로 보이는 남자가 탔는데 그 많고 많은 자리를 두고 맨 뒤에서 두 번째인 내 옆자리에 앉았다. 갑자기 온몸의 촉이란 촉이 다 빳빳하게 서는 것 같았다. 굳이 왜 여기에? 대체 왜? 나도 모르게 벌떡 일어나 1인 좌석에 앉았다. 그 사람은 따라 일어나 굳이 내 옆에 섰다. 한

참 서 있다가 문 앞으로 이동해 앉더라. 버스 창문으로 반사된 모습을 보니 계속 나를 지켜보고 있었다. 왠지 저렇게 지켜보다가 내가 내리는 곳에서 따라 내릴 것 같다는 예감이 들었다. 어떡하지? 경찰에 전화해야 하나, 그런데 어떤 사건이 터진 것도 아닌데 미리 겁먹고 전화해도 출동을 해주려나, 내가 너무 오버하는 건가 별별 생각이 다 들었다. 집 앞 버스 정류장엔 지나다니는 사람이 없어 일부러 세 정류장 전 번화가에서 내렸다. 그 사람도 내렸는데 내가 건너는 횡단보도를 건너지 않길래 한숨 돌리고 뒤를 돌아보니 반대로 가는 척하다가 빨간불로 바뀌기 직전에 내 쪽으로 마구 뛰어왔다. 번화가엔 친구가 하는 서점이 있어서 재빨리 서점 건물로 뛰어갔고 나올 땐 건물 뒷문으로 빠져나와서 그 사람과는 더 이상 마주치지 않게 되었다.

나를 포함한 모든 사람이 특정한 연령대나 성별, 외모를 가진 사람에게 혐오감을 느끼는 것만큼 끔찍한 일은 없다고 나는 생각한다. 선택할 수 없는 조건 때문에 누군가를 혐오해서는 안 된다고 본다. 그런데 혐오와 무서움은 다르다. 나는 오늘 무서웠다. 그리고 당분간은 30대 백수 같은 차림의 배 나오고 안경 쓴 남자를 무서워할 것이

분명하다. 이 예감이 20여 분의 무서웠던 시간보다 나를
더 괴롭게 만든다.

나 혼자 ——————————— 산다

　　숫자로 물어보고 숫자로 답해야 하는 상황은 언제나 재미없기만 하다. 새 집은 몇 평이고 얼마냐고 묻는 질문, 새해가 되면 이제 몇 살이냐, 결혼은 언제 하냐는 질문을 어김없이 받는다. 딱히 숫자가 궁금하지 않은 나는 그런 질문은 안 하게 된다. 새로 사귄 멋진 친구의 나이를 1년이 지나 알게 되기도 하며 처음 만난 사람에겐 요즘 사는 낙이 무엇인지, 세상을 어떤 시선으로 바라보는지, 어떤 덕질을 하는지 등이 궁금할 뿐이다. 《어린 왕자》를 너무나 감명 깊게 읽은 탓이 아닐까 싶다.
　　어른들은 숫자를 좋아하기에 새 친구에 대해 이야기

하면 그 애 목소리는 어떠니, 어떤 놀이를 좋아하니 따위의 본질적인 질문을 하지 않고 그 앤 몇 살이니, 형제는 몇이니, 아버지 수입은 얼마니 등을 묻는다. 그래야 그 친구를 속속들이 알게 됐다고 믿는 것이다. 낭만 따윈 전혀 없다. 스물 두어 살 쯤이었나, 좋아하는 사람이 생겼다고 친구에게 말했더니 친구가 "아, 정말? 네가 좋아하는 사람이니 분명 좋은 사람이겠다. 그 애는 꿈이 뭐래?"라고 물어봤던 것은 여전히 감동이다.

나이에 대한 대화가 따분한 이유는 나의 대답을 듣고 상대가 딱히 보일 반응이 없기 때문인지도 모른다. 아직 어리네, 한창 좋을 때다 등의 대답은 이제 들을 수가 없는 거다. 먹을 만큼 먹었는데 어려 보인다는 둥 어색한 반응이 대부분이다. 그렇지만 나는 먹을 만큼 먹은 내 나이도 좋고 가끔은 40대가 기다려지기도 한다. 불혹이 되어서도 얼마나 이리저리 흔들리고 미혹되는지 몸소 증명해보고 싶은 마음 때문이다. 이렇게 흔들릴 거면 오뚝이로 태어나지 그랬냐며.

아무튼 결혼을 하지 않고 혼자 살고 있으니 이사할 집을 알아보는 것도 알아서 처리해야 한다. 엄마는 제발 가족 하나도 없는 애처럼 혼자 그러고 다니지 말라고 신신당부를 하셨지만 어차피 나 혼자 살 집인데 혼자 알아보는 게 뭐 어떠랴. 근무지가 바뀌면서 이사 갈 집을 알아보는데 마음에 드는 집은 많지만 다 비싸다. 돈에 맞는 집 찾다 위로, 위로 올라가 북한 가거나 왼쪽으로, 왼쪽으로 가다가 서해 바다에 빠질 지경이 되었다.

살 집을 찾아보는 순간마다 집을 참 엉망진창으로 설계하고 성의 없게 짓는구나 하고 생각했다. 침대 매트리스 하나 놓을 공간도 못 되는데 억지로 방을 만들어 '투룸'이라 이름 붙이고 또 억지로 공간을 만들어 '테라스 있는 집'이라 이름 붙이는 등 살게 될 사람 생각은 전혀 하지 않은 것처럼 보이는 집이 태반이었다. 식구들에게 울분을 토했더니 건축과 디자인을 전공한 언니가 (우리나라에서) 잘 지은 집이란 그저 건물주를 만족시키는 집이라는 이야기를 해줬다.

건물주가 거주하지 않는 건물은 〈아기 돼지 삼형제〉에 나오는 첫째 아기 돼지의 밀짚집이 따로 없다. 대학 때 자취하는 친구들 집에 가보면 창문이 있고 없음에 따라 월세가 5~10만 원씩 차이가 났다. 아니 햇빛은 공짜인데! 그걸 보려면 돈을 더 내야 하다니. 잔인하지만 집주인은 돈을 더 받으며 만족스러워했겠지. 제발 막내 아기 돼지의 벽돌집처럼 지어달란 말이다.

집을 내놓을 때도 살고 있는 사람은 전혀 존중받지 못한다. 부동산은 그저 빨리 팔려는 생각뿐, 늦은 시간이든 주말이든 상관없이 초인종을 눌러댔다. 집에 없으면 비밀번호를 알려달라고 했다. 이사 가는 건 가는 거지만 나의 쉼과 사생활은 어찌하고, 또 부동산 직원의 근무 시간은 끝이 없는 건가? 알쏭달쏭해서 부동산에 이런 의문을 이야기했더니 "아가씨, 이렇게 비협조적이면 방 못 빼요." 라는 무시무시한 답변을 들었다. 아니 그저 궁금해서 물었을 뿐인데 살벌하다. 나는 이렇게 이사 시장에서도 경쟁력이 떨어지는구나 싶어 그냥 입 다물고 있었다.

엉망진창인 집들을 계속 보며 도대체 우리나라 건축법은 어떤지 궁금해졌다. 제1조 첫 문장은 어떻게 시작할까. "이 법은 건축물의 대지, 구조 및 설비의 기준과 건축물의 용도 등을 정하여 건축물의 안전, 기능, 환경 및 미관을 향상시킴으로써 공공복리의 증진에 이바지함을 목적으로 한다." 뭐 특별한 것 없는 그냥 무난한 조항. 프랑스는 어떤지 찾아보지 않을 수가 없었다. "L'architecture est une expression de la culture.(건축은 문화의 표현이다.)" 건축은 문화의 표현이라니. 법 조항이 아니라 시 구절이라고 해도 되겠다.

철학의 부재를 실감한다. 살고 있는 사람을 최대한 배려하는 주택시장 형성은 가능할까? 앞으로 살게 될 사람을 존중하며 공간을 만드는 것은 불가능할까? 왜 건축에서 자연은 고려되지 않을까? 나는 건축과는 관계없는 사람이지만 오래 안고 가고 싶은 물음이다. 돈이 많고 적음에 관계없이 최소한 사람답게 살 수 있는 공간에서 머물고 싶은 소망은 욕심일까?

나 그렇게 야박한 사람 ──────── 아니에요

아무리 2년 계약이래도 정말 2년마다 이사를 하게 될 줄은 몰랐다. 전세로 살고 있던 건물 주인이 갑자기 바뀌었다. 새 주인 부부는 노후대책으로 건물을 샀다며 전세로 살던 내게 월세를 요구했다. 목돈이 있어 건물은 샀지만 다달이 들어오는 수입이 없고 앞으로도 없을 거라는 눈물 없이 들을 수 없는 얘기를 늘어놓았다. 눈물 없이 들을 수 없는 얘기는 나도 자신 있는데. 집주인과 세입자 중에서 누가 더 불쌍한지 대결해야 하는 건가 의아했다.

사회로부터 보장받지 못하는 부분이 있어 개인적인 노후대책이 필요한 것은 이해가 되지만, 그 책임을 젊은 세대에게 (세금이 아닌) 이런 직접적인 방식으로 지게 하는 것이 과연 옳은가 생각했다. 젊은이들에겐 너무 가혹한 현실이다. 노년층은 노년층대로 연금도 적고 수입도 없는데 어떻게 사냐고 한다. 이런 사회적 문제는 앞으로 더 심해질 텐데 걱정이다.

아무튼 월세는 금액도 너무 부담인데다 동네가 역세권도 아니고 전세가 주변에 널렸는데 굳이 월세로 살 이유도 없었다. 그러나 집주인은 이렇게 깨끗하고 예쁘게 사는 세입자는 처음이라며 계속 살아주면 안 되냐는 말만 되풀이했다. 월세가 부담되면 조율하자고 할 텐데 그럴 수 있는 금액이 아니었다. 서로 기준으로 삼은 금액 차이가 컸기 때문이다. 그래서 나는 계약이 만료되면 나가겠다는 의사를 밝혔다.

이제 이사 갈 집을 알아봐야 하는데 시간적 여유가 많지 않아 집이 안 나가도 계약 만료일이 되면 보증금을 돌려달라고 말했다. 집주인은 그건 어렵겠다고 하더라. 최대한 계약 종료 전에 집을 빼자는 말만 되풀이했다. 글로 적으니 점잖게 말한 걸로 보이는데 너무 괴롭고 피를 말리는 시간이었다. 아니 자기가 월세로 돌린대서 나가는 건데 보증금은 못 준다? 매일 임대차보호법 찾아보고 부동산

다니랴 은행 다니랴 정신이 하나도 없었다.

　도저히 말이 통하지 않아 결국 내용증명을 보내기로 했다. 법무사 통해서 하면 편하기야 하겠지만 나의 이 분노와 단호함은 오직 나만이 제대로 표현할 수 있다고 생각했다. 내용증명은 인터넷 우체국 사이트나 아무 우체국에서든 보낼 수 있지만 굳이 법원 안에 있는 우체국에 가서 지방법원 우체국장 도장이 꽝 찍힌 내용증명 등기를 보냈다. 예전에 국민참여재판 배심원 우편이 왔을 때, 지은 죄는 전혀 없지만 찍힌 도장을 보고 심장이 뛰었던 이유 때문이었다. 겁먹어라, 겁먹어라, 이 도장을 보고 겁먹어라!
　내용증명서에는 지금 당신은 법 조항을 어기며 이런저런 잘못을 하고 있는 거고 나에게 이렇게 저렇게 해줘야 한다는 내용을 썼다. 게다가 나는 전세대출을 받고 있어서 날짜를 맘대로 연장할 수도 없고 대출 연장을 못하면 신용불량자가 될 수도 있는데 그럼 당신이 다 책임지시라는 말도 정중히 썼다. 그리고 나의 원활한 이사를 위해 보증금 10퍼센트를 돌려달라는 말도 추가해서 보냈다. 며칠 잠잠해서 먼저 연락했더니 집주인은 자기가 그렇게 야박한 사람은 아니라며 교회도 열심히 다닌다는, 굳이 하지 않아도 될 말을 늘어놓았다. 그러면서 바로 보증금 10퍼센트를 입금해줘서 이제는 일이 좀 풀리려나 싶었다.

　시간이 없었다. 점심시간엔 집을 보러 다녔다. 마음에 드는 집들은 비쌌고 예산에 맞으면서 괜찮은 집은 이사 날짜가 맞지 않았다. 부동산 사장님들은 정말 포장의 대왕이다. 정말 후진 집도 온 우주의 힘을 모아 포장하는데 그게 너무 웃겼다. 집에 구멍이 뚫려 있어도 환기 잘 돼서 좋다고 할 것 같았다. 그러다가 부동산 사장님들과 대화를 나누는데 내가 그들의 말을 신뢰하지 않는다는 걸 알고 모든 부동산이 그런 건 아니라며 자기 어필을 시작했다. 마음에 드는 집 주인은 주인대로 본인이 얼마나 친세입자적인 건물주인지 어필했다. (물론 나도 어른이지만 나보다 더) 어른들은 참 신기하다. 좋은 사람인 건 하는 행동을 보면 알 수 있는데 굳이 말로 설명하려고 하니 말이다. 좋은 집을 소개한다는 말과 좋은 집을 지었다는 말은 그 집이 진짜 좋은 집이면 끝나는 거다. 제발 명심하시길. 〈아기 돼지 삼형제〉의 벽돌집을.

　집 문제로 혼자 이렇게 끙끙거리다 다 해결되고 나서야 부모님께 말씀드렸다. 엄마는 어쩐지 요즘 꿈자리가 사나웠다며 왜 진작 말하지 않았냐고 하셨다. 괜히 걱정하실까 봐 그랬다고, 이제는 이사를 마쳐서 말씀드린다 했더니 많이 서운해하셨다. 아빠, 엄마, 죄송하고 감사해요. 부모는 가끔 자식의 마음을 헤아리지 못한다. 물론 자식은 늘 부모의 마음을 모른다.

층간소음 ─────────── 박멸 프로젝트

두 달 정도 층간소음 때문에 새벽까지 잠 못 들고 아침엔 알람도 없이 쿵쿵 소리에 눈이 떠지곤 했다. 뉴스에서만 듣던 층간소음을 이렇게 리얼하게 경험하게 되는구나 하고 깨달았다. 혼자 살면 층간소음으로 따지러 가기도 어렵다. 혹시 남자가 사는 집이면 갑자기 무서워진다. 보복을 당할까 두렵기까지 하다. 다행히 윗집은 젊은 부부만 사는 집이었고, 더는 참을 수 없어서 편지를 한 장 썼고 주변에 의견을 구했다.

반응은 예상과 다르게 너무 단호박이었다. 일단 좋

게 말하면 대부분 알아듣지 못하니 아주 단호하고 사무적으로 글을 써야 하고 이모티콘, 미세먼지에 건강 유의하시라, 이런 내용 다 빼야 한단다. 그리고 글씨체가 너무 예쁜데 이러면 안 먹힌다고, 남자 어른 글씨로 강하게 갈겨쓰거나 차라리 프린터로 뽑으라는 조언들을 받았다. 생각해 보니 틀린 말 하나도 없어서 편지 전달을 보류하고 있다가 백수 친구들을 만나 이 이야기를 했더니 "먼저 이웃이 되어 보면 어떨까?"라는 전혀 생각지도 못한 말을 들었다. 지금 속이 다 타들어가는데 이웃은 뭔 이웃이여, 역시 백수는 마음에 여유가 넘치는구나, 역시나 퇴사는 만병통치약이다 하고 말았다.

　그런데 계속 그 말이 생각나면서 마음이 끌리는 건 무슨 일일까? 고민하다 결국 윗집에 선물할 꽃을 만들었다. 우아한 꽃이 집에 있으면 왠지 발길도 사뿐거리게 되지 않을까 싶어 은은한 파스텔톤 조합으로 만들었다. 처음에 쓴 편지보다 더 길게 손편지를 썼는데 사람들이 다 별로라고 했던 것 그대로, 부드럽고 상냥하고 글씨도 예쁘게 썼다. 최근에 이사 오신 것 같은데 환영한다는 인사로 시작하여 서로 조금씩만 배려하면 집에 있는 시간이 훨씬 더 행복할 것 같다고, 하나하나 정성껏 꽂은 이 꽃으로 죄송하면서도 감사한 나의 마음을 전한다고 그냥 하고 싶은 말 다 써서 문에 걸어두고 왔다.

　반응이 어떨지 모르겠다. 사실 너무 화가 나서 층간 소음에 효과 좋다는 천장에 붙이는 스피커를 살까 생각했었고 올라가 따질까도 고민했다. 물론 이길 자신도 있었다. 아, 근데 뭐랄까. 이제는 대상이 세상이든 사람이든 신념이든, 잘 싸워서 이기는 것보다는 잘 화해하고 싶단 생각이 들었달까. 이런 나의 생각이 틀리지 않았기를 바라지만 솔직히 자신은 없다. 편지를 쓰는 동안에도 쿵쿵 소리는 여전히 배경음이라 손은 분노로 부들부들 떨렸으니깐.

　과연 오늘은 무사히 잠들 수 있을까? 백수 친구들의 말대로 위층과는 이웃이 될 수 있을까? 떨리는 밤이다.

　After

　층간소음 때문에 꽃을 선물했던 지난밤, 숨은 쉬나 싶을 정도로 갑자기 너무 조용해진 윗집에 적응은 안 됐지만 덕분에 오랜만에 푹 자고 일어나 출근했다. 점심 즈음 문자가 하나 왔다. "안녕하세요. 303호입니다. 이렇게 예쁜 꽃도 주시고 감사합니다. 잠시 통화 가능하신가요?"라는 문자를 받고 떨리는 마음으로 전화를 걸었다. 우선 너무 죄송하고 꽃 선물 감사하다는 인사로 대화가 시작되었다. 윗집은 이런 선물과 편지는 처음이었는지 무척 놀라고 당황한 기색이 역력했다. 그렇다고 무조건 괜찮다고 말할 수는 없었다. 제일 시끄러울 때가 몇 시 정도냐고 물어서 저녁 9시~자정이라고 답했다. 어떤 소리가 나냐고 하길래 완전 구체적으로 "쿵쿵 발소리가 쉴 새 없이 온 집 안에 울린다. 이게 바로 윗집에서 나는 소리면 내가 사는 집이랑 평수, 구조가 같을 텐데 60평쯤 되는 런웨이를 걷나 싶었다"고 말하다가 둘이 동시에 웃음이 터졌다.

윗집에선 앞으로 많이 조심하겠지만 혹시라도 또 시끄러울 경우 연락을 주면 내려와서 소리를 들어보고 조치를 취하겠다고 했고 꽃이 참 예쁘다는 이야기로 훈훈하게 통화를 끝냈다. 3일이 지났는데 엄청 조용해진 집에 있으니 무지 고마우면서 이렇게 조심할 수 있었으면 여태 왜 그랬나 싶어 억울한 마음이 들기도 하는 걸 보니 난 아직도 멀었단 생각이 든다.

꽃을 싼 삼베에는 꽃향기가 배어난다고 했다. 아주 오래 꽃을 품고 있어 꽃향기 폴폴 나는 삼베 같은 삶이었으면 좋겠는데 자꾸만 다른 것들을 잡으려고 한다. 뭐 하나 쉬이 되는 게 없다.

5

존재의  품격

니체의 정원사를
꿈꾸다

취직의 이유 ──────────── 카프카

백수로 지내다가 취직을 하게 된 데에는 돈이 떨어진 이유가 가장 크다. 그렇지만 돈이 급하면 아르바이트를 할 수도 있다. 이제 진짜 취직을 해야겠다고 굳은 결심을 하게 된 계기는 (아직도 믿기지 않지만) 카프카 세미나를 하면서다. 그때 나는 '카프카 버전의 취직 결심'이라는 제목으로 친구에게 이런 편지를 보냈다.

───

카프카 책은 어떻게 읽고 계신지 궁금해요. 저는 요

즘 《카프카 평전》(이주홍 지음, 소나무, 2012)을 읽고 있는데
자그마치 800페이지가 넘는데도 너무 재밌는 거 있죠. 제
가 조금이나마 카프카 글을 읽고 평전을 읽어서 재밌는
건지는 잘 모르겠지만, 소설과는 사뭇 다른 느낌이라서
다른 친구들은 카프카를 어떻게 만나고 있는지 문득 궁금
해졌어요. 이거 좀 유명한 얘기인데 평전에서 친구에게 보
낸 편지로 접하니 또 새롭더라고요.

　　우리는 오직 우리를 깨물고 찌르는 그런 책만 읽어야
　　할 거야. 만약 우리가 읽는 책이 주먹으로 쳐서 우리의
　　두뇌를 일깨우지 않는다면 무엇 때문에 책을 읽겠는가?
　　자네가 쓴 대로 책이 우리를 행복하게 하기 위해서라
　　고? 맙소사, 만약 책이 전혀 없다고 해도 우리는 행복할
　　수 있을 거야.
　　그러니까 우리를 행복하게 해주는 그런 책은, 필요하다
　　면 우리 스스로 쓸 수 있을 거야. 그러나 우리에게 필요
　　한 것은, 우리에게 큰 고통을 가져다주는 재앙 같은, 우
　　리가 우리 자신보다 더 사랑했던 누군가의 죽음과 같
　　은, 모든 사람으로부터 숲속으로 추방된 것 같은, 자살
　　과 같은 느낌을 주는 그런 책이지.
　　책이란 우리 마음속에 있는 얼어붙은 바다를 깨는 도끼

그냥 읽기만 했는데 머리가 띵했어요. 저는 여태 그냥 행복한 책만 읽었나 싶고요. 이래서 카프카가 그렇게 어렵고 알쏭달쏭한 글을 썼구나 싶기도 했고요. 카프카의 글은 어렵고, 읽고 있으면 왠지 추워지고, 사랑이나 인간에 대한 애정이라곤 느껴지지 않았는데 그게 아니었어요. 하긴 인간에 대한 애정이 없다면 무언가를 관찰하고 글을 쓸 수도 없겠죠. 이런 편지를 주고받는 우정이라니. 읽다가 숨이 확 멎는 것 같았다니까요.

카프카는 계속 정해진 언어 관습을 깨는데 이게 참 낯설어요. 그런데 또 한편으로는 그렇기 때문에 새로운 지평을 볼 수 있는 힘을 주기도 하고요. 이 부분은 너무 어려워서 아직 잘 모르겠지만, 예를 들어 민족주의를 비판하는 자는 민족주의자들이 쓰는 언어를 사용하게 되고, 근대를 비판하려고 근대를 공부하면 근대주의자가 된다고 하죠. 왜냐하면 그냥 그 프레임 안에서 비판하는 건 다른 지평을 보는 게 아니니까요. 새로운 해결책을 만드는 것도 아니고요. 카프카는 이걸 자기를 바꾸는 문제로 변화시킨다고 해야 하나? 존재는 어떻게 사는가, 우리는 무엇으로 사는가 등등.

카프카의 후기 작품에서는 예술을 자주 주제로 삼는데 카프카는 인생을 하나의 연극으로 보는 것 같아요. 나는 다만 존재할 뿐이고, 하나의 연극을 수행할 뿐이라는 거예요. 물론 이 연극이란 게 가짜로 연기하는 연극의 의미가 아닌 거죠. 제가 표현력이 부족해서 어떻게 설명하면 좋을지 몰라 속상하네요. 아무튼 그런 연극 무대로서의 인생이라면, 피하고 싶지만은 않다는 생각이 들었어요. 니체도 비슷한 말을 하는데요, 니체는 가면을 바꿔 쓸 수 있는 힘을 말해요. 카프카의 연극과 니체의 가면이 저는 정말 놀랍기만 했어요. 저는 '일관된 정체성이 곧 나 자신'이라고 생각했거든요.

니체에게는 고정된 것으로서의 세계도, 자기 자신도 없었어요. '나'라는 정체성을 고집하지 않고 다른 힘들과 접속하고 또 절단하는 역량의 중요성을 말하거든요. 저는 막연히 철학자들은 바뀌지 않는 진리를 추구하는 사람들이라고 생각했는데 제가 끌리는 철학자들은 정반대의 말을 하네요. 제가 너무 기초를 몰랐던 걸까요?

다시 처음으로 돌아가서, 카프카는 분절된 언어를 통해 한계를 끊임없이 보여주더라고요. 읽다 보면 계속 벽에

부딪히는 거예요. 그럼 보통의 사람이라면 벽 앞에서 좌절하게 되잖아요? 그런데 카프카는 한계를 깨닫고, 한계를 겪으면서 사는 것이 중요하다고 작품을 통해 말하고 있어요. 한계를 느끼고, 그리고 다시 고개를 돌려 또 앞으로 향하는 거죠. 벽과 벽 사이에서 숨을 돌리며 잠깐 쉬기도 하고요. 중요한 것은 일단 벽까지 간다는 사실이에요. 너무 허무하거나 피로한 것 아니냐 할 수도 있지만 한계가 곧 출발선이고, 한계가 있어 출구도 있다는 뜻이기도 해요. 벽과 벽 아닌 것의 이분법적인 경계가 중요한 게 아닌 거죠. 직장이 싫어서 관두고 인문학 공부를 한다? 저의 상태는 카프카식 해결이 아닌 거예요.

회사를 그만뒀다고 그 많던 문제가 다 해결되는 건 아닌 거죠. 없던 새로운 문제가 생기기도 했으니까요. 여기 싫어 저기 가는 건 새로운 감옥을 찾는 거라고 카프카는 말하더라고요. 카프카에게 이 지점의 문제를 바꾸는 해결법은 스스로 균열과 충돌을 만들어 바꾸는 일이었어요. 니체가 접속하고 절단하는 역량을 말했던 것과 마찬가지로요. 그래서 지금 내가 숨 쉴 수 없는 현실에 놓여 있다면 왜 숨 쉴 수 없는 것인지 묻고 배워야 한다고 해요. 내가 서 있는 문턱이 어떤 한계로 구성되어 있는지 알아야 한다는 거죠.

카프카는 실제로 일기를 쓰면서 "나는 오늘도 아무 것도 쓰지 못했다"는 말을 반복하는데요. 이렇게 자신의 한계를 느끼는 게 무언가를 쓸 수 있는 그다음 단계를 출현시키는 요소가 되는 거죠. 쓸 수 없음의 뒤에 쓸 수 있음이 있다고 느끼는 것! 카프카에겐 이게 중요했어요. 또 출구라는 것은 벽이 있을 때만 찾아진다, 출구가 곧 방향이라는, 어찌 보면 참으로 간단한 진리를 굉장히 어렵게 작품으로 말하고 있다는 사실을 알게 되었어요. 근데 너무 전율이 느껴지는 거예요. 물론 이렇게 정리해놓고 다시 소설 읽으면 또 아리송송하고 대체 무슨 소리야 싶지만, 아주 어렴풋하게 알 것 같기도 하고요.

어쩌다 느껴지는, 카프카가 의도한 100개 중에 한두 개가 감이 잡힌다 싶으면 그게 또 너무 좋은 거예요. 이걸 아주 복잡하게, 정말 하나도 모르는 외국어를 보는 것처럼 소설로 썼는데 이 계산된 복잡함이 미친 듯이 매력적이라고 느껴질 때가 있더라고요. 물론 대부분은 너무 어려워서 무슨 소리야 하고 넘어가지만요. 그냥 친절히 인생은 이런 것이다, 이렇게 살아야 한다고 말할 수도 있는 것을 정말 너무너무 어렵게 돌려 돌려, 그것도 어렴풋이 알 수 있게 하는 데 천재적인 느낌이랄까. 친절하기보다 이

편이 훨씬 어렵다는 건 알겠더라고요. "만약 네가 나의 작품을 해석할 수 있다면(겪어낼 수 있다면) 이 작품의 한 부분을 네 인생의 출구를 찾기 위한 하나의 조각으로 써 봐라"라고 하는 정도랄까요. 진짜 어려운데 계속 곱씹어보면 전율이 느껴지고 머리가 띵하고 여태까지 헛살았나 싶고 나는 바보인가 싶게 고통스러우면서, 지금 느낀 이 새로운 감각을 얼른 현실에 적용해보고 싶다는 생각이 드는 거죠. 그래서 다시 직장에 다니고 싶어졌다면 이해가 되세요?

아무튼 이건 카프카 버전의 취직 결심이었고요. 또 니체 버전도 있는데 이건 다시 편지할게요. 들뢰즈는 누구에도 아픔을 주지 않는 사유는 사유가 아니라고 했어요. 고통과 충격을 동반하지 않는 사유는 없다고요.

이런 점에서 지금 저의 상태는 몹시 혁명적인 상태가 아닐까 싶으면서도, 10 정도 알고 90만큼 아는 것처럼 착각하면서 안심하는 게 아닐까 싶어 조심스럽기도 해요. 그렇지만 그냥 같이 나누고 싶어서 두서없고 거친 편지를 급하게 쓰게 되었어요. 내일 다시 읽으면 이게 무슨 얘기지할 수도 있겠지만 암튼 '지금'은 이렇다는 사실. 내일 되고 다음 달 되면 지금과는 또 다를 수 있겠지만 어쨌든 지금 이렇게 느낀다는 게 중요한 것 같아요. 그리고 내일이나 다음 달의 나는 지금의 나보다는 개미 눈곱만큼이라도 나아지는 사람이 되지 않을까 하는 희망도 한 스푼 없는 거죠, 뭐.

정원 일의 ──────────── 즐거움

　나이와 관계없이 두루두루 교제하는 편이라고 나름 자부하지만, 시대정신과 문화를 공유하며 자란 또래가 주는 에너지는 다르다. H.O.T.에 열광하며 자란 우리 30대가 〈토토가(토요일! 토요일은 가수다)〉를 보며 새롭게 팬이 되어 옛 영상을 찾아보는 10대, 20대와 같을 수는 없지 않은가. 퀸의 음악을 들으며 자란 세대와 〈보헤미안 랩소디〉를 보고 그들의 노래를 찾는 요즘 사람들의 감성이 같을 수 없는 것처럼.

　이런 우리 세대는 일단 또래들과 모이는 것이 아주 중요하다. 몇 가지 사례를 들자면,

● 취향관(www.project-chwihyang.com)

살롱 문화를 제안하는 회원제 사교 클럽. 공간 또는 콘텐츠를 통해 일상을 즐기고 나만의 취향을 찾아가며 같거나 다른 취향을 가진 사람들과 만날 수 있는 시간을 기획한다. (3개월 클럽 멤버십 45만 원)

○ 트레바리(www.trevari.co.kr)

회원제 독서 클럽. 책을 재료로 토론을 하기도 하고 강연이나 공연을 관람한 후 강연자 혹은 공연자와 함께 술을 마시며 대화를 나누기도 한다. (4개월 멤버십 21만 원)

● 문토(www.munto.kr)

취향 기반의 모임 공동체. 음악, 영화, 글쓰기, 술, 요리 등 취향에 맞춰 모임을 갖는다. (주제별 멤버십 20만 원대)

○ 남의 집 프로젝트(www.naamezip.com)

사람을 모아 모르는 사람의 집을 구경시켜주고 그 공간에서 취향을 공유. 여행 후기, 만든 요리, 갖고 있는 책 등을 나누는 모임이다. (3시간 기준 참가비 2~3만 원)

● 각종 독립서점 모임

동네 독립서점 중 모임을 하지 않는 서점은 거의 없다. 그림 그리기, 바느질, 책 만들기, 시 쓰기, 소규모 강연 등을 한다. (회당 참가비 1~3만 원)

바로 생각나는 몇 개만 떠올려도 적지 않다. 적지 않은 비용이 발생하지만 기꺼이 부담한다. 또래 세대가 아닌 다른 세대가 봤을 때 특이하다고 생각할 수 있는 점은 서로의 신상을 묻지 않는다는 점이다. 이름을 밝히지도 않고 닉네임만으로 소개하는 경우도 많다. 나이나 직업, 사는 곳 등도 별로 궁금하지 않다. 나만 해도 독서 모임에서 만난 친구가 정확히 몇 살인지, 무슨 일을 하는지 모르는 경우가 허다하다. 호칭은 누구누구님으로 하니 나이를 물을 필요도 없다.

주제도 그때그때 끌리는 대로 정하는데 어떤 날은 술 마시고 싶은 사람 모이기, 또 어느 날은 결혼하기 싫은 사람 모이기, 퇴사하고 싶은 사람 모이기, 시집 좋아하는 사람 모이기 등등 대중없다. 특별히 정해놓은 규칙은 없지만 불통 아닌 소통을 중시하며 '대화하기'를 지향하고 '번갈아 말하기'를 지양한다. 상대의 마음이 동하지 않는데 자기 얘기만 떠드는 게 무슨 의미란 말인가.

이런 우리 세대의 많은 모임을 뒤로하고 나는 철학 공부를 선택했다. 사실 이렇게 빡세게 공부해야 하는지도 몰랐다. 공부를 시작하고 얼마 지나지 않아 나의 일기장에는 소소한 수다를 떨 또래 친구가 연구실에 없어 심심하다는 문장이 쓰여 있다. 친구를 사귀려고 공부를 시작한 것은 아니지만, 평일도 아니고 주말 세미나니까 당연히 나와 비슷한 사람들이 꽤 있을 줄 알았다. 여기서 내가 생각했던 비슷한 사람들이란 30대 비혼 직장인으로, 그 범위가 넓다고 할 수는 없지만 내 주변에선 흔한 그룹이었기 때문이다.

세미나에서 거의 6개월 정도 꿀 먹은 벙어리로 시간을 보냈다. 질문을 하지 못하는 이유는 철학이 어렵고 내가 니체를 너무 몰라서 그렇다고 생각했다. 하지만 이제와 생각해보니 오직 글을 읽고 쓰는 나에게만 온 신경이 집중되어 있었다. 지금 니체가 너무 어려운 나, 그래서 글을 못 쓰는 나, 그러니 말도 못 하는 나, 그러니깐 부끄럽고 답답한 나 이외에 다른 것에는 관심도 없었기 때문에 아무것도 하지 못한 것이다.

니체는 힘을 어떻게 사용할 것인지, 힘을 어떤 방향으로 쓸 것인지에 주목한다. 나에게 집중되어 있던 힘을 같이 공부하는 선생님들과의 관계에 쏟으니 하는 일이 달라도, 결혼을 했든 안 했든, 자식이 있든 없든 나눌 수 있는 이야기가 많아질 수 있다. 수다와 공부의 경계도 허무는 것이 가능해진다. 그러면 모여서 공부하는 것 자체가 불편하지 않게 된다. 토론 시간이 너무 빨리 간다고 느껴져서 아쉬울 때도 있다. 처음 세미나를 시작했을 때는 시간이 왜 그렇게 안 가는지 두통까지 와서 약을 먹을 때도 있었는데, 그때를 생각하니 지금의 이런 변화가 신기하기도 하다.

올해의 키워드는 니체 철학을 기반으로 한 '현재'로 잡았다. 현재를 긍정하며 기쁨을 찾는 것은 굉장히 어렵고도 지혜로운 일이기 때문이다. 마치 정원사가 '지금 피어있는 꽃'만 가꾸는 것과 같은 기쁨이랄까. 정원사는 다가올 미래를 미리 걱정하지 않는다. 잔디가 많이 자라면 어떡하나, 내년 봄에 꽃이 피지 않으면 어떡하나 걱정하지 않는다. 단지 지금 자라 있는 잔디를 부지런히 깎고, 잡초를 뽑고, 싹이 돋지 않은 식물에도 물을 주며 지금 할 수 있는 일상적인 일을 꾸준히 할 뿐이다.

지금 피어 있는 꽃만 가꿀 한 해가 퍽 흥미롭다.

동등한 ——————————— 인격체

중학생 때 부모님과 한 가지 약속을 했다. 서른이 되면 결혼을 하든 나가 살든 무조건 독립을 하자는 약속이었다. 우리 가족은 모두 동의했고 언니와 동생은 결혼을 선택했다. 둘 다 만 서른을 넘기지 않고 결혼이라는 엄청난 일을 해버린 것이다. 결혼 생각이 없는 나는 독립을 선택했고 혼자 집 알아보고 작성한 전세 계약서를 부모님께 보여드렸더니 두 분은 큰 충격을 받으셨다. 독립하라는 의미가 이렇게 나가라는 게 아니라 얼른 좋은 사람 만나 안정적인 가정을 꾸리길 바라는 마음이었다는 속내는 한참이 지난 뒤에 알았다.

올해 초 설 연휴를 맞아 부모님 댁에 모두 모였을 때, 이제부터는 부모님께 세배하지 않겠다고 선언했다. 이유를 물으시기에 오랜만에 반갑게 만나 덕담을 주고받는 명절에 머리를 조아리는 인사 방식이 성인과 성인의 관계에서 적절하지 않다고 생각한다는 나의 뜻을 밝혔다. 멀리 떨어져서 절하는 것보다 손을 잡거나 가볍게 포옹하는 인사를 나누고 싶다고 말했다. 식구들은 그건 너무 급진적 행동이라는 반응이었고 충격받은 아버지는 용돈 봉투도 거절하시고 악수 역시 거절하셨다.

두 가지 예만 들었지만, 나의 결정은 이런 식으로 부모님에게 충격을 준 경우가 많다. 대부분 우리 집안에서 이런 경우는 처음이었기 때문이다. 엄청난 시도는 아니지만 부모님 품 안의 자식으로 지내다 적당한 나이가 되면 결혼해야 한다거나, 직장은 쉬고 말고의 문제가 아니라 정년이 될 때까지 다녀야 한다거나, 명절에 어른들께 세배하는 게 당연한 우리 집에서는 파격적인 최초의 시도이다. 그래서 부모님의 반응을 보면서 버르장머리 없는 자식이 된 것 같다는 생각이 들 때가 많다.

그렇지만 내가 공부하고 있는 니체는 "사회적 관습에서 이탈된 작은 행위들이 필요하다"면서 "소소하고 반反관습적인 행위들이 더 가치 있다"고 평가한다. 그러니 니체의 가치 평가에 따르면 이러한 나의 결정도 바람직한 것이 아닌가 하고 생각했다. 문제는 이게 니체의 말처럼 산뜻하지가 않다는 점이다. 니체의 말에 따르면 "행동과 사상과 관련해 도덕에서 벗어나는 것이 더 이상 해로운 것으로 간주되어서는 절대로 안 되는 일"이라는데, 대체 왜 이렇게 찜찜함이 남아 있을까?

부모님과의 관계를 니체가 윤리를 부정하며 설명했던 '진리의 전제' 관점에서 생각해보았다. 나의 논리에는 어떤 전제가 깔려 있을까? 우선 부모님과 나는 부모-자식 관계이기 이전에 동등하고 독립적인 인격체라고 생각했다. 그런데 세배라는 행위, 일방적으로 한쪽에서 머리를 조아리며 절을 올리는 것은 동등하지 않은 관계를 드러낸다고 보았다.

또 자식에게는 자신의 삶을 자유롭게 선택할 수 있는 모든 결정권이 있어야 하고 부모는 그 선택에 관여할 수 없다고 판단했다. 그래서 부모로부터 독립된 존재가 되어야 하며 그러기 위해서는 일단 경제적으로 독립해야 하는 것이다. 이와 동시에 어른을 공경하고 부모님 말씀을 잘 듣는 것이 곧 도덕적이라는 전제 또한 있었다. 그래서 어떤 결정을 할 때마다 내가 가지고 있는 전제들이 충돌했으며 부모님이 충격을 받으실 때마다 죄책감을 느꼈다.

　나의 윤리에는 내 나름의 진리가 존재한다. 그런데 이런 생각을 언제부터 했는지 모르겠고 어디서부터 이런 생각이 시작된 것인지도 모른 채 내 생각이 맞다고 믿고 있었다. 정의롭고 진보적이며, 멋있어 보이는 그런 충동을 나는 진리라고 생각해왔던 게 아닐까? 그 정의롭고 진보적이라는 것도 다 근거 없는 나의 느낌일 뿐이라고 니체는 말하는데? 그러면서 나와 다른 생각을 배타적이라고 치부했음도 알게 되었다. 행동하는 주체인 내 생각과 행동이 바뀌었다고 해서 모두에게 적용될 수 있다고 생각했다면 너무 이기적이었던 건 아닐까? 부모와 자식의 관계가 혼자 결심한다고 딱 떨어지는 관계도 아닌데.

　나는 평등에 대한 개념을 정말 기계적으로만 생각하고 있었음을 니체 세미나를 하면서 알게 되었다. 지금까지와는 다른 기준을 세워야 할 텐데 내 도덕의 근거를 무엇으로 삼을지 고민이 필요한 시점이다.

　(짧고 굵었던 무지를 반성하며, 세배는 다시 하기로 결심했다.)

과정이 ——————————— 나의 전부

세미나 과제로 '앎'에 대한 글을 쓰게 되었다. '알다'라는 동사를 내가 어떤 부사와 자주 쓰나 떠올려보니 '잘' 알다, '제대로' 알다, '확실히' 알다 등이 있었다. 물론 아는 경우보다 모르는 경우가 대부분이니 아직 잘 모른다, 아직 제대로 모른다, 지금은 확실히 모른다 등이 훨씬 자연스럽긴 하다.

무엇인가를 안다는 건 뭘까? 온갖 수치심을 다 겪어내고 지식이 축적되어 어딘가에 이른 상태라고 생각했다. 따라서 앎에 이르기까지의 과정은 부끄러울 수 있지만 앎에 이른 뒤에는 부끄러움이 제거된 상태여야 했다. 세미나를 할 때 나는 모르기 때문에 말을 할 수 없고 글도 쓸 수 없고, 그러니 부끄러움을 느낄 수밖에 없다고 여겼다. 말과 글이 능숙한 사람을 보면 부러워 죽겠고 나는 한심해 죽겠고 언제 이걸 다 이해해서 글도 쓰고 말도 잘하게 되나, 언제 다 알게 되나, 언제 아는 상태에 이를 수 있을까 걱정했다. 정말 무엇을 확실히 알게 되면 부끄럽지 않게 제대로 말을 하고 그럴싸한 글을 쓸 수 있을까? 아니, 그전에 확실히 알게 되는 것이 가능하기는 할까? 나는 왜 공부의 결과를 상상하고 있었을까?

이런 결과지향적인 성향은 공부뿐만 아니라 삶 전반에서도 드러난다. 확실한 결과물이 나오기 전까지는 누구에게도 쉽게 말하지 않게 된다. 확정된 것 없는 상태로 현재를 논하는 게 나는 너무 어렵다. 혼자 끙끙 앓다가 짠! 하고 결과를 보여주는 게 좋다. 그게 구질구질하지도 않을뿐더러 짜릿하기까지 하다. 결과가 좋다면야 별문제가 없겠지만 결과가 그저 그렇거나 아무런 결과물도 없을 때가 문제다. 좋은 결과가 나오면 과정도 의미 있게 포장되고, 그렇지 않으면 과정은 그저 방황의 시간일 뿐이라고 치부한다. 그렇다면 그동안의 나 자신을 전부 부정하는 꼴이 되니 한 번 더 괴로울 수밖에 없다.

아는 상태, 앎의 정도가 있다고 상정해둔 나에게는

높은 수준에 도달한 것처럼 보이는 사람이 굉장히 멋있어 보였다. 우상화하는 습관을 '팬심이 넘친다'는 표현으로 간단하게 정리하면서 나와는 거리가 먼 상태라고만 여겼다. 그러면서도 멋있는 사람을 잘 알아본다는 나의 안목에 감탄하곤 했고 그들을 보고 있으면 그저 흐뭇하기만 했다. 이런 상태는 니체가 말하는 앎과는 가장 동떨어지게 느껴진다. 내가 유독 더 부끄러운 이유는 니체가 어떤 대상을 숭배하는 것, 거저 살아가려고 하는 천민 근성을 극도로 기피했기 때문이다.

> 영원히 제자로만 머문다면 그것은 선생에 대한 도리가 아니다. 너희는 어찌하여 내가 쓰고 있는 월계관을 낚아채려 하지 않는가? 너희는 나를 숭배한다. 그러나 그 숭배가 어느 날 뒤집히기라도 하면 어찌할 것인가? 입상에 깔려 죽는 일이 없도록 조심할 일이다!
> —《차라투스트라는 이렇게 말했다》(정동호 옮김, 책세상, 2000) 중에서

'월계관을 낚아챈다'는 표현처럼 니체는 자신을 고양할 수 있는 것을 상대에게서 훔쳐내는 태도와 그럴 수 있는 관계를 강조한다. 나보다 많이 알고 잘 안다고 생각했던 사람들에게 감탄할 것이 아니라 그들의 재능을 어떻게

가져와 내 것으로 만들지를 고민해야 하는데, 우상을 곁에서 오래 지켜보고 싶기만 했지 내가 그렇게 되어야겠다고는 왜 생각할 수 없었는지 모르겠다. 아마 니체가 보기에 결과를 보고 부러워하며 숭배하는 내 모습은 '우상을 모시는 늙은 사제'가 아닐까 싶다. 이렇게 몸을 사리고 관조하기만 하면 몰락할 일이 없다. 그러니 창조로 이어질 수도 없다.

《차라투스트라는 이렇게 말했다》를 읽으면서 새롭게 바뀐 개념은 '가능성'에 대한 개념이다. 직접적으로 언급하지는 않았지만, 니체는 모든 인간이 가능성을 내재한 채 태어났고 이것을 어떻게 발현하는가 하는 과정에 주목했다고 나는 이해했다. 니체에 따르면 인간은 짐승과 '위버멘쉬(Übermensch, 초인)' 사이에 존재하고 있으니 위버멘쉬에 가까워지기 위해 온갖 고초를 겪는 것은 당연하고 자연스러운 일이다.

괴테가 파우스트의 입을 빌려 "인간은 노력하는 한 방황하는 법"이라고 말했던 것과 같은 맥락으로 니체는 이것을 "사람은 일종의 시도"라고 표현했다. 인간은 모두 과정이기 때문에 노력하고 시도하는 수밖에 없고 이때 중요한 것은 노력과 시도 그 자체이지 결과가 아니다. 그리고 그 과정에서 자신의 한계를 발견하고 매 순간 이를 극복하며 느끼는 수치심은 필연적이다. 니체는 수치심이 바로 '인류의 역사'라고까지 말한다. 그러니 과정 자체가 가능성이자 새로운 창조를 위한 길임을 알아야 한다. 이것이 내가 요즘 하루도 빼먹지 않고 되새겨야 하는 앎이다.

취향 존중과 ──────────── 자기보존

　　니체는 고정된 진리가 존재한다고 생각하고 여과 없이 받아들이는 사람들을 비판했다. 낡아빠진 자부심으로 가득 찬 사람들. 그들에게는 자신이 믿고 있는 진리가 어디서 어떻게 시작했는지도 모른 채 이미 오래전부터 알고 있었다고 자부하는 것이 전부다. 자신이 믿고 있는 것에 대해 이야기하는 일은 피곤할 뿐이다. 이런 사람들은 아무것도 모르는 사람이라고 니체는 말한다. 자신이 창조한 것이 아니고서는 무엇에 대해서도 선과 악이라고 말할 수 없다는 것이다.

　　선과 악에 대한 니체의 비유를 미와 추로 바꾸어 생

각해도 다르지 않다. 나에게는 미추에 관한 견고한 기준이 있다. 이 기준은 내가 사는 집, 가지고 있는 물건, 입는 옷, 외모 등 다양한 면에서 드러난다. 나는 이 모든 것이 취향이라고 생각했다. 나는 특히 원피스를 좋아하는데 예쁜 원피스를 입으면 유독 기분이 좋고 바지를 입으면 옷을 입은 것 같지 않다. 그러니 내 취향은 원피스로구나, 기분이 좋지 않을 때 옷이라도 예쁘게 입으면 기분이 한결 나아지는구나 하는 정도로 생각했다.

　이런 나의 취향에 대한 누군가의 언급으로 처음 불편함을 느꼈던 곳은 지금 니체를 공부하고 있는 연구실이다. 니체 세미나를 신청한 뒤 여느 때와 같이 곱게 화장을 하고 원피스에 코트를 입고 탱글탱글한 웨이브를 유지한 채 연구실에 갔다. 세미나 시작하고 몇 주쯤 지났을까, 중년의 한 선생님에게 "어머, 선생님. 여기 올 때 되게 신경 쓰고 온다."라는 한마디를 들었다. 충격, 이것은 정말이지 충격이었다.

　나는 무릇 교양 있는 사람이라면 다른 사람의 외모에 대해 이러쿵저러쿵 말을 해서는 안 된다고 생각했다. 그게 비난이면 너무 당연하고, 칭찬이라 할지라도 언급하지 않는 게 예의라고 여겼다. 심지어 공부를 한다는 연구실에서 겉모습을 언급했다는 건 놀라움 그 자체였다. 이것은 표면적인 불편함이고, 저 밑바닥에서 올라오는 강한 불쾌감을 굳이 언급해야 한다면 왜 '예쁘다'가 아니라 '신경 썼다'고 표현했는지의 문제였다.

그 선생님의 차림을 살펴봤다. 온통 회색 톤이었다. 스님인가? 선생님이 옷차림에 신경을 썼는지 안 썼는지는 모르겠지만 그게 전혀 예뻐 보이지가 않았다. 나는 젊은데 벌써 저렇게 칙칙하게 입고 다니기도 싫었고 평소에 비하면 나름 수수한 원피스를 입고 왔는데 억울하기까지 했다. 친구에게 전화해서 "나 공부하러 왔는데 여기 좀 이상해. 화장한 사람 아무도 없고 원피스 입고 왔다가 한 소리 들었잖아. 나 공부하려면 (스님)옷도 새로 사야 되나 봐."라고 불평을 했다.

사실 선생님이 봤을 때는 신경을 쓴 것 같으니 큰 의미 없이 신경 썼다고 말한 게 전부일 수 있다. A라는 문장 하나를 A라고 그대로 받아들이지 않고 그 숨은 뜻이 B일까, C일까, 왜 저런 말을 할까 온갖 의미를 갖다 붙인 건 전적으로 나의 해석이다. 나는 말 못 하고 글 못 쓰는 나에게만 온 신경이 집중되어 있어서 그 말을 '쟤는 니체는 제대로 읽지도 않으면서 저렇게 꾸미는 데만 신경을 쓰나?'라고 해석했다. 그래서 '예쁘다'가 아닌 '신경 썼다'는 말에 기분이 나빴고 "되게 신경 쓴다"라는 짧은 한마디도 "되~~~~~게 신경 쓴다"라는 긴 문장으로 들렸다.

나는 이게 다 내가 니체를 소화하지 못해서라고 결론 내리고 빨리 니체를 잘 읽어서 예쁜 원피스를 당당하게 입자고 다짐했다. 세미나에 잘 참여해야 예쁜 옷을 입을 명분이 생긴다고 생각했던 것이다. 물론 이 다짐은 실패로 끝났는데, 그 이유는 생각이 바뀌어서가 아니라 니체 읽기가 너무 어려워서 포기하게 된 것뿐이다.

작년에도 비슷한 일이 있었다. 줄곧 치마만 입다 바지를 입었던 어느 날, 선생님으로부터 "치마만 입다가 오늘은 바지 입었네. 잘했어."라는 칭찬을 들었다. 바지를 입은 일이 칭찬받을 일인가? 대체 왜 나의 취향은 이렇게 평가를 받아야 하는 것인가. 이런 얘기를 듣고 나니 묘한 반항심이 생겨서 바지를 입고 싶다가도 다시 치마로 갈아타는, 아무도 모르는 반항을 하게 되었다.

벗들이여, 취향과 미각에 대해서는 이러쿵저러쿵하는 게 아니라고 하려는가? 일체의 생명이 취향과 미각을 둘러싼 투쟁이거늘!

취향. 그것은 저울추인 동시에 저울판이요 저울질하는 자다. 저울추와 저울판, 그리고 저울질하는 자와의 실랑이 없이 삶을 영유하고자 하는 일체의 생명체에게 화 있을지어다!

—《차라투스트라는 이렇게 말했다》 중에서

나는 취향을 무엇이라고 생각했을까? 타인이 절대 침범할 수 없는 나만의 고유한 영역이라고 생각했다. 하지만 니체에게 취향은 주체로도 대상으로도 환원되는 문제가 아니다. 취향은 저울추이면서 저울판이고 또 저울질하는 자가 되기도 한다. 끊임없이 변화하는 과정에서 감각의 배치 역시 계속 바뀌는데, 나는 어떤 특정한 상태를 계속해서 고집했다. 니체는 이런 실랑이 없는 삶에 대해서 비판적이다. 취향에 관한 니체의 관점은 니체가 인간과 세계를 이해하는 관점과도 같다. '나'라는 견고한 자아가 있는 게 아니라 나로 환원될 수 없는 무수히 많은 존재가 '나'라고 생각하는 모습으로 지금 드러날 뿐이라고 니체는 누누이 말했으니까.

내가 예쁘다고 생각한 가치는 어디에서 왔을까? 타자들의 시선 없이 나 스스로 만들어낸 가치는 아무것도 없다. 어렸을 때 TV나 잡지에서 봤던 기억, 사회적 관습, 특정한 차림을 했을 때 누군가의 인상적이었던 반응에 대한 기억 등 타인의 평가 없이 내가 세운 가치는 아무것도 없는 채로 예쁨에 대한 관념을 자연스럽게 받아들였다. 니체가 부숴버려야 한다고 말하는 '낡은 서판에 쓰인 미와 추'에 대한 나의 가치는 온통 진부한 망상일 뿐이라고 볼 수 있다. 나에게 개입하려는 새로운 힘을 아주 불편하게 받아들였던 이유는 취향이라는 이유로 나 자신을 보전하는 데 온 힘을 쏟고 있었기 때문이 아닐까 싶다.

니체가 끊임없이 자기보존을 비판하며 자기 경멸과 몰락을 말하는 이유를 취향의 문제와 함께 나는 다시 생각해봐야 한다. 《차라투스트라는 이렇게 말했다》에서 니체가 말하는 고귀함, 명예로움은 나 자신을 군건히 지키는 것이 아니라 나 자신을 뛰어넘고자 하는 의지와 발길일 뿐이다.

나는 사랑하노라. 깨닫기 위해 살아가는 자, 언젠가 위버멘쉬를 출현시키기 위해 깨달음에 이르려는 자를. 그런 자는 그럼으로써 그 자신의 몰락을 소망하고 있는 것이니.

나는 몸을 사리지 않는 자들을 사랑한다. 몰락하고 있는 자들을 나 온 사랑을 기울여 사랑하고 있는 것이다.

저 너머로 가고들 있으니.

　나는 어떻게 나의 무너짐을 소망할 수 있을까? 몰락을 어떻게 맞이해야 할까? 아니, 그 전에 무엇이 나에게 몰락일까? 지금은 무엇 하나 대답할 수 없지만 아마도 지금 나의 공부는 이 답을 찾아가는 과정이 될 것 같다.

나의 서른에게 002
서른의 품격

초판 1쇄 발행 2020년 7월 20일

지은이   정나영

펴낸곳   (주)행성비
펴낸이   임태주

책임편집   고여림
디자인   이유나

출판등록번호   제313-2010-208호
주소   경기도 파주시 문발로 119 모퉁이돌 303호
대표전화   031-8071-5913
팩스   031-8071-5917
이메일   hangseongb@naver.com
홈페이지   www.planetb.co.kr

ISBN 979-11-6471-108-6 03810

※ 값은 뒤표지에 있습니다. 잘못 만들어진 책은 구입하신 서점에서 교환해
   드립니다.

※ 이 도서의 국립중앙도서관 출판예정도서목록(CIP)은 서지정보유통지원
   시스템 홈페이지(http://seoji.nl.go.kr)와 국가자료공동목록시스템
   (http://www.nl.go.kr/kolisnet)에서 이용하실 수 있습니다.
   (CIP제어번호: CIP2020026747)

행성B는 독자 여러분의 참신한 기획 아이디어와 독창적인 원고를 기다리고 있습니다.
hangseongb@naver.com으로 보내주시면 소중하게 검토하겠습니다.